D1156839

*Enid Blyton*

# LOS CINCO

## Los Cinco van de camping

¿Ya tienes toda la colección de LOS CINCO,
de Enid Blyton?

- ☐ 1 Los Cinco y el tesoro de la isla
- ☐ 2 Otra aventura de los Cinco
- ☐ 3 Los Cinco se escapan
- ☐ 4 Los Cinco en el Cerro del Contrabandista
- ☐ 5 Los Cinco en la caravana
- ☐ 6 Los Cinco otra vez en la isla de Kirrin
- ☐ 7 Los Cinco van de camping
- ☐ 8 Los Cinco se ven en apuros
- ☐ 9 Los Cinco frente a la aventura
- ☐ 10 Un fin de semana de los Cinco
- ☐ 11 Los Cinco lo pasan estupendo
- ☐ 12 Los Cinco junto al mar
- ☐ 13 Los Cinco en el páramo misterioso
- ☐ 14 Los Cinco se divierten
- ☐ 15 Los Cinco tras el pasadizo secreto
- ☐ 16 Los Cinco en Billycock Hill
- ☐ 17 Los Cinco en peligro
- ☐ 18 Los Cinco en la granja Finniston
- ☐ 19 Los Cinco en las Rocas del Diablo
- ☐ 20 Los Cinco han de resolver un enigma
- ☐ 21 Los Cinco juntos otra vez

Guía de Supervivencia de Los Cinco
Colección Historias Cortas de Los Cinco

# Enid Blyton

# LOS CINCO

## Los Cinco van de camping

ILUSTRADO POR **MARINA VIDAL**

Editorial EJ Juventud

Provença, 101 – 08029 Barcelona

Título original: *Five Go Off To Camp*
Autora: Enid Blyton, 1948
La firma de Enid Blyton es una marca registrada de Hodder & Stoughton Ltd.
© Hodder & Stoughton Ltd, 2010

© de la traducción española:
EDITORIAL JUVENTUD, S. A., 1965
Provença, 101 - 08029 Barcelona
www.editorialjuventud.es / info@editorialjuventud.es

Ilustraciones de MARINA VIDAL

Traducción de  Mercedes Folch
Décima segunda edición, 2003
Texto revisado y actualizado en 2015

Primera edición en este formato, 2015

ISBN 978-84-261-4298-6

DL B 15321-2015

Diseño y maquetación: Mercedes Romero
Núm. de edición de E. J.: 13.138

Impreso en España - *Printed in Spain*
Impreso por Impuls 45

# CAPÍTULO I

# Vacaciones

–¡Dos tiendas de campaña preciosas, cuatro lonas para el suelo, cuatro sacos de dormir!... Y ¿qué pasa con *Tim*? ¿No tiene saco? –preguntó Dick haciendo una mueca.

Los otros chicos se echaron a reír, y *Tim*, el perro, batió fuertemente el suelo con la cola en señal de aprobación.

–Miradlo –exclamó orgullosa Jorge–. También él se está riendo.

Parecía realmente que estuviera riendo. Una amplia sonrisa alargaba su peludo hocico de oreja a oreja.

–¡Es un encanto! –dijo Ana abrazándolo–. ¿Verdad que sí, *Tim*?

–¡Guau! –respondió *Tim*, que se sentía muy de acuerdo con ella. Y, en agradecimiento, propinó a Ana un húmedo lametón en la nariz.

Los cuatro niños, Julián, alto y fuerte para su edad, Dick, Jorge y Ana, se hallaban ocupados planeando unas vacaciones. Pensaban pasarlas de acampada. Jorge era una chica, no un chico. Sin embargo, se negaba a responder cuando la llamaban por su nombre, Jorgina. Con su cara pecosa y sus cabellos cortos y rizados, parecía más un muchacho que una chica.

–Es genial que podamos pasar las vacaciones de acampada nosotros solos –dijo Dick–. Nunca creí que nos dejarían nuestros padres, después de la increíble aventura que corrimos el verano pasado en las caravanas.

–Bueno, pero no estaremos solos por completo –objetó Ana–. No olvidéis al señor Luffy, que no nos perderá de vista. Acampará muy cerca de nosotros.

–El pobre Luffy –dijo Dick con una sonrisa–. No se dará cuenta siquiera de si estamos allí o no. Se pasará todo el tiempo estudiando sus preciosos insectos de los páramos. No nos molestará.

–Pues si no hubiera sido porque él iba también al campo, no nos habrían dejado ir a nosotros –dijo Ana–. Se lo oí decir a papá.

El señor Luffy era un profesor del colegio de los niños, un hombre ya mayor, con una pasión por el estudio de los insectos de todas clases.

Ana procuraba esquivarle cuando transportaba las cajas de los insectos, porque algunas veces se le escapaban y se lanzaban hacia uno. A los niños les gustaba aquel hombre. Lo encontraban muy divertido. La idea de que el señor Luffy fuese el encargado de vigilarlos les parecía muy cómica.

–Lo más probable es que seamos nosotros los que tengamos que echarle una ojeada a él –dijo Julián–. Pertenece a ese tipo de personas a las que siempre se les está cayendo la tienda, o escapándoseles el agua, o que se sientan sobre la cesta de los huevos.

–¡El señor Luffy vive en el mundo de los insectos y no en el nuestro! –comentó Jorge, que odiaba a las personas entrometidas–. Tengo la impresión de que vamos a disfrutar de unas supervacaciones de acampada en los páramos, haciendo simplemente lo que nos guste, cuando nos guste, y como nos guste.

–¡Guau! –asintió *Tim*, moviendo la cola otra vez.

–Parece que también él piensa hacer lo que le apetezca –dijo Ana–. Vas a cazar cientos de conejos, ¿verdad, *Tim*? Y ladrarás ferozmente a todo el que se acerque a menos de dos kilómetros a la redonda.

–Cállate un momento, Ana –pidió Dick, cogiendo otra vez el papel en que iban apuntando lo que precisaban–. Hay que repasar la lista y ver si llevamos todo lo que necesitamos. ¿Dónde me había quedado? ¡Ah! ¡Sí! Cuatro sacos de dormir.

–Eso. Y tú preguntaste si llevaríamos uno para *Tim* –dijo Ana con una risita ahogada.

–¡Claro que no! –respondió Jorge–. Dormirá sobre mis pies, como siempre. ¿Verdad, *Tim*?

–¿No podríamos llevarle uno? Aunque solo fuera uno pequeño –preguntó Ana–. ¡Estaría monísimo con su cabecita saliendo por el borde!

–*Tim* odia estar monísimo –protestó Jorge–. Sigue, Dick. Le taparé la boca a Ana con mi pañuelo si interrumpe otra vez.

Dick recorrió la lista con la mirada. Era muy interesante. Había cosas como hornillos, cubos de lona, platos y tazas esmaltados. Cada elemento daba lugar a un montón de discusiones.

–Es casi más divertido planear las vacaciones que hacerlas –dijo Dick–. Bueno, creo que no nos olvidamos de nada.

–No, ya lo hemos pensado demasiado –respondió Julián–. El señor Luffy dice que llevará todas nuestras cosas en su remolque. Esto nos vendrá muy bien. No me gustaría tener que cargarlas.

–¡Ay! Estoy deseando que llegue la semana que viene –suspiró Ana–. ¿Por qué se hace tan largo el tiempo cuando se espera algo agradable y en cambio tan corto cuando ya está sucediendo?

–Sí, debería ser al revés, ¿verdad? –dijo Dick, con una sonrisa–. ¿Alguien trajo el mapa? Me gustaría echar una ojeada al lugar adonde vamos.

Julián sacó el mapa del bolsillo, lo abrió, lo extendió en el suelo y los cuatro niños se tendieron alrededor.

El mapa mostraba una vasta y solitaria faja de páramo con muy pocas casas.

–Solo hay algunas granjas pequeñas, nada más –dijo Julián, señalando dos de ellas–. Mirad, aquí es donde vamos. Aquí. Y en la vertiente opuesta hay una granja, donde supongo que podremos comprar leche, mantequilla, huevos y todo lo que necesitemos. El señor Luffy ya estuvo allí. Dijo que era una granja más bien pequeña, pero alegre y dispuesta para recibir a los excursionistas.

–Estos páramos son muy altos, ¿verdad? –preguntó Jorge–. Supongo que en invierno hará un frío espantoso.

–Sí, es cierto –respondió Julián–. Y debe de soplar viento frío en verano, porque el señor Luffy me recomendó que llevásemos jerséis y otras prendas de abrigo. Dijo que en invierno permanecen cubiertos por la nieve durante meses y meses. Y que tienen que desenterrar de ella a las ovejas cuando se pierden.

El dedo de Dick recorrió un camino sinuoso que transcurría a través de la agreste zona de los páramos.

–Este es el camino que seguiremos –explicó–. Supongo que lo dejaremos por aquí, mirad, donde está marcado el camino de carro. Por él se llega a la granja. Tendremos que transportar nuestras cosas desde el lugar en que Luffy aparque su coche hasta nuestro campamento.

–Supongo que no acamparemos demasiado cerca del señor Luffy –dijo Jorge.

–¡Claro que no! Él ha quedado en venir a echarnos una mirada, pero se olvidará de nosotros tan pronto como se haya instalado en su tienda –respondió Julián–. Seguro. Conozco a dos chicos que fueron un día de excursión con él en su coche y regresó sin ellos por la noche. Sencillamente, se había olvidado de ellos. Iban con él y los abandonó cuando estaban bastante lejos.

–¡El bueno del señor Luffy! –exclamó Dick–. ¡Es el tipo de adulto que necesitamos! No vendrá corriendo a ver si nos hemos lavado los dientes o si vamos bien abrigados.

Los otros rieron y *Tim* estiró su boca perruna en una nueva sonrisa. Su lengua colgó alegremente. ¡Qué bueno era tener por amigos a los cuatro, estar otra vez reunidos, y oír cómo planeaban las vacaciones! *Tim* estaba en el colegio de Jorge y Ana durante el trimestre y echaba mucho de menos a los dos chicos. Sin embargo, su dueña era Jorge y ni soñaba en abandonarla. Era estupendo que permitieran tener animales en su escuela; si no, ella se habría negado a ir.

Julián dobló el mapa otra vez.

–Espero que nos traigan pronto todo lo que hemos encargado –dijo–. De todos modos, tendremos que esperar unos seis días. Me ocuparé de recordar al señor Luffy que vamos a ir con él. Es muy capaz de marcharse sin nosotros.

Se hacía difícil tener que esperar tanto tiempo, cuando todo estaba ya planeado. Fueron llegando los encargos de las diferentes tiendas. Los niños los abrieron entusiasmados.

Los sacos de dormir eran buenos.

–¡Estupendos! –exclamó Ana.

–¡Geniales! –corroboró Jorge, metiéndose en el suyo–. ¡Mirad! Se puede atar en el cuello, y tiene una capucha. ¡Caramba, qué caliente se está aquí dentro! No importa si hace frío por la noche, no lo notaremos en estos sacos. Voto por que esta misma noche durmamos ya en ellos.

–¿Cómo? ¿En nuestros dormitorios? –preguntó Ana, extrañada.

–Sí. ¿Por qué no? Están pidiendo que los estrenemos –replicó Jorge, quien consideró que su saco de dormir era cien veces mejor que una cama corriente.

De manera que aquella noche los cuatro durmieron sobre el suelo de sus habitaciones en sus sacos de dormir. A la mañana siguiente, todos aseguraron que habían dormido muy cómodos y muy calentitos.

–El único problema fue que *Tim* quería meterse dentro del mío –dijo Jorge–. Y, francamente, no es lo bastante grande para eso. Si durmiera dentro se asfixiaría.

–Bueno, también intentó pasar media noche en el mío –gruñó Julián–. Ya me ocuparé yo de cerrar muy bien la puerta de nuestro cuarto si *Tim* piensa pasarse las noches desplomándose por turno en todos los sacos.

–A mí no me molestan tanto los golpes como esa espantosa costumbre que ha cogido de dar vueltas y más vueltas antes de empezar a dormir –se quejó Dick–. La noche pasada lo hizo sobre mi estómago. Es una costumbre muy tonta.

–No puede remediarlo –saltó Jorge al momento en su defensa–. Es una costumbre de los perros salvajes desde hace siglos y siglos. Se acuestan entre cañas y juncos y ruedan sobre ellos para pisotearlos y prepararse un lugar donde dormir. Por eso nuestros perros también dan vueltas y más vueltas antes de dormir, aun cuando no tengan juncos que aplastar.

–Bueno. Me gustaría que *Tim* olvidara de una vez a sus antepasados perrunos con sus camas de juncos y que recordara solamente que él es un bonito perro doméstico, con un cesto propio –dijo Dick–. Si vierais mi saco... Está todo marcado con sus huellas.

–¡Embustero! –dijo Ana–. Eres un exagerado, Dick. ¡Oh, quiero que sea martes! Estoy harta de esperar.

–Ya llegará –dijo Julián–. Naturalmente que llegará.

Y así fue, por supuesto. El martes amaneció brillante y soleado, con un cielo azul profundo, moteado por pequeñas nubes blancas.

–Nubes de buen tiempo –comentó Julián, satisfecho–. Ahora esperemos que el señor Luffy haya recordado que hoy es el día en que salimos. Prometió estar aquí a las diez. Mamá nos ha preparado unos sándwiches para el camino. Pensó que sería mejor por si acaso el señor Luffy se olvidaba de traerlos. Y aunque se acuerde, no importa, porque seguro que seremos capaces de comérnoslos todos. Además, hay que contar con *Tim,* siempre dispuesto a ayudarnos.

*Tim* estaba tan excitado como los mismos niños. Siempre sabía cuándo iba a suceder algo bueno. Su cola permanecía en constante movimiento y su lengua colgaba. Jadeaba como si acabase de echar una carrera. Se metía bajo los pies de todos, pese a que nadie le hacía el menor caso.

El señor Luffy llegó con media hora de retraso, justo en el momento en que todos empezaban a temerse lo peor. Estaba radiante, mientras los aguardaba subido sobre la rueda de su viejo vehículo. Los chicos le conocían muy bien, pues no vivía muy lejos y venía a menudo a jugar al bridge con sus padres.

–¡Hola, hola! –gritó–. Veo que ya lo tenéis todo preparado. Esto va bien. Amontonad las cosas en el remolque, ¿queréis? Las mías ya están colocadas pero queda mucho sitio. Por cierto, llevo sándwiches para todos. Mi mujer me dijo que era mejor que llevara muchos.

–¡Caramba! Tendremos un banquete –comentó Dick, en tanto ayudaba a Julián a transportar las tiendas plegadas y los sacos de dormir. Pronto estuvo todo colocado en el remolque y Julián lo aseguró con cuerdas.

Se despidieron de los que se quedaban y se subieron con entusiasmo al vehículo.

El señor Luffy encendió el motor. Al poner la primera marcha produjo un ruido horrible.

–¡Adiós! –gritaron los que se quedaban. La madre de Julián añadió la última palabra–: ¡No os metáis en ninguna de esas peligrosas aventuras otra vez!

–Claro que no –contestó el señor Luffy, en tono alegre–. Ya vigilaré yo. En un páramo salvaje y desierto no se encuentran aventuras. ¡Adiós!

Se marcharon agitando los brazos y gritando adiós como locos durante todo el camino hasta la carretera.

–¡Adiós! ¡Nos vamos! ¡Por fin!

El coche corría por la carretera. El remolque iba detrás, traqueteando furiosamente. Las vacaciones habían comenzado.

# CAPÍTULO 2

# Por los páramos

El señor Luffy no era muy buen conductor. Corría demasiado, sobre todo en las curvas. Julián no cesaba de mirar alarmado hacia el remolque, temeroso de que en cualquier viraje pudieran perder algo.

Vio que el paquete de los sacos de dormir saltaba en el aire. Por fortuna, volvió a caer sobre el remolque. Tocó al señor Luffy en el hombro.

–¡Señor Luffy! ¿No podría ir un poco más despacio, por favor? El remolque estará vacío cuando lleguemos si el equipaje va saltando todo el tiempo.

–¡Olvidé que llevábamos remolque! –dijo el señor Luffy reduciendo la velocidad–. Recordádmelo si veis que paso de los cincuenta kilómetros por hora, ¿queréis? La última vez que salí con el remolque llegué con la mitad de las cosas. No quiero que vaya a sucederme otra vez.

Julián tampoco lo quería. Por lo tanto, se cuidó de no apartar un momento los ojos del cuentakilómetros y cuando este alcanzaba los sesenta tocaba al señor Luffy en el hombro.

El señor Luffy parecía completamente feliz. Le gustaban las clases, pero le encantaban las vacaciones.

Durante el curso se veía obligado a interrumpir el estudio de sus amados insectos. Ahora iba al campo, acompañado por cuatro muchachos muy simpáticos, para pasar las vacaciones en un páramo donde sabía que encontraría abejas, escarabajos, mariposas y otras muchas clases de insectos. Él se encargaría de enseñar a los niños cuanto tenían que saber sobre los insectos. Los chicos se habrían horrorizado de conocer sus intenciones, pero ni siquiera las imaginaban.

Era un hombre de aspecto extraño. Iba siempre desaliñado y tenía unas cejas pobladas, sobre unos amables ojos oscuros que a Dick le recordaban los de un mono. Su nariz más bien ancha infundía cierto temor, pues por sus ventanas asomaba un bosque de pelos. Llevaba un descuidado bigote y tenía la barbilla redonda, con un sorprendente hoyuelo en su parte central.

Sus orejas fascinaban a Ana. Eran anchas y vueltas hacia delante y el señor Luffy podía menear la derecha cuando quería. Lo que más lamentaba era que nunca había logrado mover la izquierda.

Su cabello era espeso y desordenado, y su ropa siempre holgada y cómoda, de una talla demasiado grande para él.

A los niños les gustaba, no podían evitarlo. Era tan singular, amable, olvidadizo... A veces podía mostrarse inusitadamente furioso. Julián les había referido con frecuencia la historia de Tom Killin. El señor Luffy encontró una vez a Tom toreando a un niño nuevo en el guardarropa, arrastrándole, dándole vueltas por el cinturón, profiriendo un mugido como el de un toro bravo. El señor Luffy agarró al chico por el cinturón, lo levantó y lo colgó de una percha.

—Aquí te quedarás hasta que alguien venga a bajarte —tronó el señor Luffy—. Yo también sé agarrar por el cinturón, como puedes ver.

Y salió del guardarropa, con el aterrorizado chiquillo a su lado, abandonando al otro en lo alto de la percha, incapaz de liberarse por sí mismo. Y allí tuvo que permanecer, porque ninguno de los chicos que llegaron a montones de jugar al fútbol consiguió bajarle.

—Y si la percha no hubiese cedido bajo su peso, estaría aún colgado —dijo Julián haciendo una mueca—. ¡El buen señor Luffy! Nunca hubiésemos creído que pudiese ser tan duro, ¿verdad?

A Ana le había impresionado mucho aquella anécdota. El señor Luffy se convirtió en un héroe para ella a partir de entonces. Se sentía encantada de poder sentarse a su lado en el coche y charlar con él de todo tipo de cosas. Los otros tres se habían acomodado detrás, con *Tim* a sus pies. Jorge le había prohibido de modo terminante subirse a sus rodillas porque hacía demasiado calor. Así que se contentaba con mirar por la ventanilla, apoyado sobre sus patas traseras y con el hocico ladeado.

A las doce y media se detuvieron para comer. El señor Luffy traía montones de sándwiches. Eran verdaderamente exquisitos. Los había preparado la noche anterior la señora Luffy.

—Pepinillos en vinagre, jamón y lechuga, huevo, sardina... ¡Caray, señor Luffy! ¡Sus sándwiches son mucho mejores que los nuestros! —comentó la pequeña Ana, emprendiéndola con dos a la vez, uno de pepinillo y otro de jamón y lechuga.

Todos estaban hambrientos. A *Tim* le correspondía un trocito de cada uno, el último por regla general, y esperaba con ansiedad a que llegara su turno. El señor Luffy no se había enterado de que el perro tenía que recibir el último trozo de cada sándwich, así que *Tim* determinó cogerlo de su mano, cosa que le sorprendió mucho.

–Un perro listo –dijo, y le dio un golpecito cariñoso–. Sabe lo que quiere y lo toma. Es muy inteligente.

El comentario, como es natural, agradó a Jorge. Ella pensaba que *Tim* era el perro más inteligente del mundo y, en verdad, había momentos en que lo parecía. Entendía cada palabra que se le dirigía, cada palmoteo, cada caricia, cada gesto. Él cuidaría mucho mejor de los niños y los vigilaría más que el despistado señor Luffy.

Bebieron refrescos y comieron ciruelas maduras. *Tim* no tocó las ciruelas, pero lamió un poco de refresco de jengibre.

Después husmeó unos bollos y se fue a beber a un arroyuelo cercano.

La reunión acabó en el coche. Ana cayó dormida sobre un brazo del señor Luffy. Dick dio un enorme bostezo y también se durmió. Jorge no tenía sueño, ni tampoco *Tim*. Julián se sentía invadido por el sopor. No obstante, no osaba apartar la vista del cuentakilómetros porque el señor Luffy parecía que volvía a acelerar otra vez después de la buena comida.

–No pararemos para la merienda hasta que lleguemos

allí –dijo de repente el señor Luffy. Dick se despertó sobresaltado al ruido de su sonora voz–. Llegaremos hacia las cinco y media... Mirad, ya se pueden ver los páramos a lo lejos.

Todos miraron hacia delante, excepto Ana, que seguía profundamente dormida. A la izquierda se extendían kilómetros y kilómetros de páramos cubiertos de brezos. Un panorama magnífico.

Tenía un aspecto salvaje, solitario, bello y resplandeciente bajo su capa de brezos. A lo lejos, parecía sombreado de un azul púrpura.

–Tomaremos esta carretera hacia la izquierda y llegaremos a los páramos –dijo el señor Luffy, girando el volante bruscamente y haciendo que el equipaje saltase otra vez en el remolque–. Vamos por aquí.

El coche ascendió por la carretera de los altos páramos. Pasó frente a una o dos casitas y los niños divisaron, muy distantes, pequeñas granjas en los claros. Las ovejas erraban por los campos y algunas de ellas se quedaban mirando fijamente el coche cuando se acercaba.

–Creo que nos faltan aún unos treinta kilómetros –comentó el señor Luffy pisando el freno de repente para esquivar dos grandes ovejas, apostadas en medio de la carretera–. Me gustaría que estas criaturas eligiesen un sitio más apropiado para chismorrear. ¡Eh! Fuera de ahí. Dejadme pasar.

*Tim* ladró y pretendió saltar fuera del vehículo. Las ovejas, horrorizadas, decidieron dejar libre el paso y el coche pudo continuar.

Ana se había despertado por completo. Casi se había visto arrojada del asiento por el repentino frenazo.

–¡Siento haberte despertado! –exclamó el señor Luffy mirándola con amabilidad y casi metiéndose en una zanja al lado de la carretera–. Ya estamos cerca, Ana.

Continuaban subiendo y el viento se sentía más frío. Alrededor de los niños, los páramos se extendían kilómetros y kilómetros sin fin. De cuando en cuando se veían pequeñas corrientes que corrían al lado de la carretera, salpicándola a trechos.

–Podremos beber agua de estos arroyos –dijo el señor Luffy–. Claros como el cristal y fríos como el hielo. El lugar donde acampemos se halla muy cerca de aquí.

Era una buena noticia. Julián pensó en los cubos de lona que habían comprado. No resultaba muy apetecible transportarlos durante kilómetros. Si hubiera un arroyo cerca del lugar de acampada sería fácil llevar los cubos llenos de agua para lavarse.

La carretera se bifurcó. La de la derecha continuaba siendo buena, con señales a ambos lados. La de la izquierda se convertía en un camino de carro.

—Tomaremos esta —dijo el señor Luffy.

El coche saltaba y traqueteaba. Estaba obligado a ir despacio, con lo que los niños disponían de tiempo suficiente para contemplar tranquilamente el paisaje que atravesaban.

—Dejaré el coche aquí —decidió el señor Luffy, llevándolo al lado de una enorme roca desnuda y gris que destacaba sobre el páramo—. Estará protegido de los peores vientos y de la lluvia.

Había un pequeño declive por allí cerca, en cuyo borde se alzaban unos enormes arbustos, gruesos y espinosos. Crecían por todas partes. Julián asintió con la cabeza. Aquel era un buen lugar para acampar. Aquellos gruesos espinos les proporcionarían una excelente protección contra los vientos.

—Bien, señor —respondió—. ¿Merendamos primero, o deshacemos el equipaje?

—Primero merendamos y tomamos un té —resolvió el señor Luffy—. He comprado un buen fogón para cocinar. Es mejor que una hoguera de leña, que deja las cacerolas y las sartenes muy negras.

–Nosotros también hemos comprado un hornillo –exclamó Ana, que miraba a su alrededor–. Esto es precioso. ¡Tan lleno de brezos, de sol y de aire! ¿Es aquella la granja adonde tenemos que ir a buscar los huevos y las otras cosas?

Señaló una granja en la colina opuesta. Estaba situada en un pequeño claro. En el campo de atrás se veían tres o cuatro vacas y un caballo. Al lado un pequeño huerto, y enfrente un jardín. Era extraordinario encontrar un lugar así en medio de los páramos.

–Esa es la granja Olly –explicó el señor Luffy–. Creo que ha cambiado de dueños desde que estuve aquí, hace tres años. Espero que los nuevos propietarios sean amables. ¿Dejasteis algo para merendar con el té?

Les quedaba algo, en efecto, porque Ana, sabiamente, había apartado algunos sándwiches y trozos de tarta.

Los chicos se sentaron entre los brezos y merendaron. *Tim* esperaba paciente sus bocados, contemplando las abejas que zumbaban a su alrededor. Había millares de ellas.

–Bien. Ahora supongo que debemos dedicarnos a levantar las tiendas –dijo Julián–. Ven, Dick, descargaremos el remolque. Señor Luffy, creo que será mejor que no instalemos nuestras tiendas al lado de la suya, porque no creo que usted desee cuatro chicos ruidosos demasiado cerca. ¿Dónde le gustaría poner su tienda?

El señor Luffy estuvo a punto de confesar que prefería tener a los cuatro chicos y al perro cerca, pero de repente se le ocurrió que quizás a ellos no les apeteciese. Sin duda, querrían hacer ruido o jugar a juegos disparatados y, si él estaba cerca, no podrían divertirse a su modo. Así que pensó que era mejor acceder a sus sugerencias.

–Plantaré mi tienda allí abajo, junto a aquella vieja aulaga –dijo–. Vosotros deberíais poner vuestras tiendas aquí arriba, en este semicírculo de aulagas que os protegerán contra el viento. Además, así no nos entrometeríamos en los dominios de nadie.

–De acuerdo –asintió Julián.

Y él y Dick empezaron a montar las tiendas. Era muy divertido. *Tim* se metía entre las piernas de todos, como de costumbre. Incluso se escapó con una cuerda importante, pero nadie lo notó.

A la hora en que la oscuridad comenzó a hacer su aparición, arrastrándose por el páramo cubierto de brezos, las tres tiendas se hallaban ya levantadas, con los suelos de lona colocados y los sacos de dormir enrollados encima. Había dos en cada una de las tiendas de los niños y uno en la del señor Luffy.

—Me voy a acostar —dijo el señor Luffy—. Se me están cerrando los ojos. Buenas noches a todos. ¡Que durmáis bien!

Desapareció en la penumbra. Ana hizo un gran bostezo, y esto contagió a los otros.

—Bueno, vámonos también —dijo Julián—. Comeremos una tableta de chocolate cada uno y unas cuantas galletas. Podemos hacerlo en nuestros sacos. Buenas noches, niñas. ¿Verdad que será fantástico despertarse mañana?

Él y Dick se metieron en su tienda. Las chicas se marcharon hacia la suya seguidas por *Tim*. Se desvistieron y se metieron en sus suaves y cálidos sacos de dormir.

—Esto es estupendo —exclamó Jorge, empujando a un lado a *Tim*—. En mi vida me sentí tan cómoda. ¡No hagas eso, *Tim*! ¿Es que no sabes la diferencia entre mi estómago y mis pies? Así está mejor.

—Buenas noches —murmuró Ana, soñolienta—. ¡Mira, Jorge! Se ven las estrellas por la abertura de la tienda. ¿No te parecen enormes?

Pero Jorge ya no se preocupaba de si las estrellas eran enormes o no. Se había dormido enseguida, cansada por el trajín de aquel día. *Tim* enderezó una oreja al oír la voz de Ana y dio un pequeño gruñido. Era su modo de decir «Buenas noches». Después bajó la cabeza y se durmió.

«Nuestra primera noche de acampada –pensaba Ana llena de alegría–. No voy a dormir. Me quedaré despierta y miraré las estrellas y oleré este olor a brezo».

Pero no lo consiguió. En medio segundo, también estaba dormida.

# CAPÍTULO 3

# El volcán de Ana

Por la mañana, el primero en despertar fue Julián. Un extraño grito flotaba por encima de su cabeza. ¡Curli, curli!...

Se sentó y se preguntó dónde estaba y quién gritaba. ¡Claro! Estaba en su tienda con Dick, y aquel extraño sonido provenía de un chorlito, el pájaro de los páramos.

Bostezó y se echó de nuevo. Era temprano. El sol acarició la tienda, y él advirtió el calor a través del saco. Se sintió perezoso, cómodo y contento. Pero también hambriento, lo cual suponía una molestia. Miró su reloj.

Las seis y media. Realmente estaba demasiado a gusto para levantarse. Sacó la mano y tanteó para ver si le había sobrado algo de chocolate de la noche anterior y encontró un trocito. Se lo llevó a la boca y se quedó satisfecho, escuchando los chorlitos y mirando cómo el sol ascendía poco a poco en el firmamento.

Se durmió de nuevo y fue despertado por *Tim,* que le lamía afanosamente la cara. Se levantó con un sobresalto. Las niñas le espiaban desde la abertura de la tienda, sonriendo. Ya estaban vestidas.

–Despertaos, perezosos –dijo Ana–. Hemos mandado a *Tim* a despabilaros. Son las siete y media. Nosotras estamos levantadas hace horas.

–Hace una mañana fantástica –prosiguió Jorge–. Va a ser un día muy caluroso. Vamos, levantaos de una vez. Buscaremos el riachuelo para lavarnos. Sería tonto tirar de los pesados cubos de agua de un lado a otro teniendo el arroyo tan cerca.

Dick se despertó también. Él y Julián decidieron ir a tomar un baño. Se encaminaron hacia el arroyo en la soleada mañana, sintiéndose muy felices y hambrientos. Encontraron a las chicas que volvían en aquel momento del arroyo.

–Está por allí arriba –indicó Ana, señalando–. *Tim,* ve con ellos y enséñaselo. Es un precioso riachuelo, oscuro y terriblemente frío. Sigue a lo largo de aquella orilla de helechos. Hemos olvidado allí el cubo. ¿Queréis traerlo lleno a la vuelta?

–¿Y para qué lo queréis, si ya os habéis lavado? –preguntó Dick.

–Necesitaremos agua para lavar los platos –respondió Ana–. No me había acordado hasta ahora. ¿No creéis que deberíamos despertar al señor Luffy? Aún no ha dado señales de vida.

–No, déjale dormir –replicó Julián–. Es muy probable que esté cansado de conducir *tan despacio* el coche. Podemos reservarle algo del desayuno. ¿Qué tomaremos?

–Hemos desempaquetado algunas lonchas de beicon y unos tomates –dijo Ana, a quien le gustaba cocinar–. ¿Cómo se enciende el hornillo, Julián?

–Jorge sabe hacerlo –contestó Julián–. ¿Trajimos alguna sartén?

–Sí, la guardé yo misma –aseguró Ana–. Venga, id a bañaros si queréis desayunar. El desayuno estará listo antes de que volváis.

*Tim* corrió al lado de los niños y les mostró el arroyo. Julián y Dick se dejaron caer al momento en el agua clara y patalearon con energía.

*Tim* saltó dentro también, y todo fueron gritos y aullidos.

–Bueno, no hay duda de que ahora habremos despertado al señor Luffy –comentó Dick, frotándose con

una toalla–. ¡Qué buena y fría estaba el agua! El problema es que me hace sentir más hambriento todavía.

–¿No están friendo beicon? Huele bien –dijo Julián, husmeando el aire.

Regresaron al lugar de acampada. Aún no había señales del señor Luffy. Debía de estar profundamente dormido.

Se sentaron sobre los brezos y empezaron a desayunar. Ana había frito grandes rebanadas de pan en mantequilla y los chicos le aseguraron que era la mejor cocinera del mundo. Ella quedó muy satisfecha con el elogio.

–Yo me encargaré de cocinar –advirtió–. Pero todos tenéis que ayudarme a preparar la comida y lavar los platos. ¿Estáis de acuerdo?

Los chicos estuvieron de acuerdo, pero Jorge se hizo la desentendida. Odiaba ese tipo de cosas que le gustaban a Ana, como hacer las camas y lavar.

–¡Mira, Jorge! –exclamó Dick–. ¿Por qué molestarse por los platos cuando tenemos aquí a *Tim* que se sentirá encantado de usar la lengua para limpiarlos?

Todo el mundo rio, incluso Jorge.

–Está bien –decidió–. Ayudaré. Pero emplearemos los menos platos posibles. Si no, nos pasaremos el día fregando. ¿Hay algo más de pan frito, Ana?

–No. Quedan algunas galletas en esta lata –dijo Ana–. Oíd, chicos, ¿quién va a ir a buscar la leche y algunas otras cosas a la granja? Espero que también nos puedan proporcionar pan y fruta.

–Uno de nosotros –respondió Dick–. Ana, ¿has preparado algo para el señor Luffy? Voy a ir a despertarlo. Si no lo hacemos, estará durmiendo hasta el mediodía.

–Iré yo. Imitaré el ruido de una tijereta fuera de su tienda –dijo Julián, levantándose–. No oyó todos nuestros gritos y chillidos, pero tened por seguro que se despertará con la llamada de una amistosa tijereta.

Marchó hacia la tienda. Se aclaró la garganta y llamó cortésmente.

–¿Se ha despertado ya, señor?

No hubo respuesta. Julián llamó otra vez, con idéntico resultado. Entonces, desconcertado, se encaminó hacia la abertura de la tienda. La cortina aparecía cerrada. La empujó a un lado y miró dentro. ¡La tienda estaba vacía! No había nadie.

–¿Qué sucede, Julián? –gritó Dick.

–No está –contestó Julián–. ¿Adónde puede haber ido?

Se hizo un silencio. En el primer momento de pánico, Ana pensó que uno de esos singulares misterios que acostumbraban a salirles al paso había empezado.

De pronto, Dick exclamó:

–¿Está ahí la lata que utiliza para los insectos? Ya sabéis, esa caja de metal con correas que se lleva cuando va a cazar insectos. ¿Y su ropa?

Julián inspeccionó otra vez el interior de la tienda.

–¡Aclarado! –gritó, con gran alivio de los demás–. No está su ropa ni su caja. Debió de salir muy temprano, antes de que nosotros nos despertáramos. Apuesto a que se ha olvidado de nosotros, del desayuno y de todo.

–Eso es normal en él –replicó Dick–. Bueno, nosotros no somos sus niñeras. Puede hacer lo que le venga en gana. Si no quiere desayunar no podemos obligarlo. Supongo que volverá cuando acabe su caza.

–Ana, ¿podrás terminar de lavar los platos mientras Dick y yo vamos a la granja y vemos de qué alimentos disponen? –preguntó Julián–. El tiempo pasa y, si no nos damos un poco de prisa, será demasiado tarde para salir.

–De acuerdo –dijo Ana–. Ve tú también con ellos, Jorge. Yo sola puedo encargarme de todo, ahora que los chicos me han traído un cubo lleno de agua. Llevaos a *Tim;* quiere dar un paseo.

Jorge estaba encantada de quitarse aquel trabajo de encima. Ella y los niños, con *Tim* brincando ante ellos, marcharon a la granja.

Ana siguió con sus tareas canturreando suavemente bajo el sol radiante. Pronto acabó y echó una ojeada para comprobar si venían los otros. No había señales de ellos ni del señor Luffy.

«Me iré a dar una vuelta –pensó–. Seguiré el riachuelo colina arriba hasta ver dónde comienza. Será entretenido. No puedo perderme si no me aparto de su curso».

Salió del lugar soleado y se dirigió hacia el pequeño arroyo, que discurría colina abajo. Trepó por los brezos del borde, siguiendo su curso en dirección contraria. Le gustaban los pequeños y verdes helechos y los almohadones de musgo que los rodeaban. Probó el agua. Era fría, clara y limpia.

Sintiéndose muy feliz, Ana prosiguió la marcha. Llegó a un gran montículo de la colina, a media altura de la colina. El riachuelo empezaba allí, en el centro del montículo. Salía entre un tapiz de musgo y seguía su burbujeante camino bajando por la colina.

«Así que aquí es donde empieza», se dijo Ana. Y se echó en el caliente brezo.

Se estaba bien allí, con el sol en la cara y oyendo el sonido del agua saltarina y el zumbido de las abejas. De repente oyó un nuevo ruido. Al principio no entendía de dónde procedía. Al fin, se sentó asustada.

«¡El ruido es bajo tierra! Profundo, bajo tierra. Ruge y retumba. ¡Oh! ¿Qué pasa? ¿Será un terremoto?».

El ruido parecía acercarse más y más. Ana no osaba siquiera levantarse y correr. Permanecía allí sentada, temblorosa. En aquel momento se oyó un chillido sobrenatural y, no muy lejos, sucedió una cosa aún más sorprendente. Una nube de humo salió del suelo y se sostuvo en el aire antes de que el viento la deshiciera. Ana estaba horrorizada. ¡Fue tan repentino y tan inesperado en aquella tranquila colina! El retumbante sonido continuó durante algún tiempo, y después, de una manera gradual, se desvaneció.

Ana saltó presa del pánico. Corrió colina abajo gritando a toda voz:

—¡Es un volcán! ¡Socorro! ¡Socorro! He estado sentada sobre un volcán. Va a estallar. Está echando humo. ¡Socorro! ¡Socorro! ¡Es un volcán!

Corrió a toda velocidad colina abajo. Se enredó el pie en una mata de brezos y, sollozante, fue rodando y rodando por la ladera. Al fin logró detenerse. Entonces oyó una voz que gritaba:

—¿Quién es? ¿Qué pasa?

Era la voz del señor Luffy. Ana corrió hacia él aliviada.

—¡Señor Luffy! ¡Sálveme! ¡Hay un volcán!

Aún se apreciaba el terror en su voz. El señor Luffy se acercó corriendo hacia ella. Se sentó al lado de la temblorosa muchacha y la rodeó con su brazo.

–¿Qué ocurre? ¿Qué es lo que te ha asustado?

Ana habló otra vez.

–Allá arriba. ¿Ve usted? Hay un volcán, señor Luffy. Retumba y echa nubes de humo. ¡Vámonos! Rápido, antes de que nos arroje encima la lava.

–Un momento, un momento –la calmó el señor Luffy. Y ante la sorpresa y el alivio de Ana se echó a reír–. Pero, bueno, ¿es que vas a decirme que no sabes de lo que se trata?

–No, no lo sé –respondió Ana.

–Pues es muy sencillo –dijo el señor Luffy–. Este inmenso páramo está horadado por dos o tres largos túneles que llevan los trenes de un valle a otro. El repentino humo que viste pertenecía a una locomotora. Hay grandes chimeneas, repartidas por todo el páramo, para que el humo pueda salir.

–¡Oh! ¡Qué tonta soy! –exclamó Ana, sonrojándose–. No sabía que pasaban trenes por aquí. ¡Qué cosa tan extraordinaria! Yo creía que estaba sentada en un volcán de verdad, señor Luffy. No se lo dirá a los otros, ¿verdad? Se reirían de mí como locos.

–No diré una sola palabra –prometió el señor Luffy–. Ahora creo que debemos volver. ¿Habéis desayunado? Estoy terriblemente hambriento. Me fui muy pronto detrás de una mariposa que vi volando alrededor de mi tienda.

–Hace horas que desayunamos –respondió Ana–. Pero si quiere volver ahora conmigo, le freiré algo de beicon, señor Luffy, y le prepararé también unos tomates y pan frito.

–¡Ah! Eso suena muy bien –dijo el señor Luffy–. Y ni una palabra acerca de los volcanes. Ese será nuestro secreto.

Y regresaron a las tiendas, donde los otros se preguntaban ya qué habría sido de Ana. Se sentían sorprendidos e inquietos. Y, sin embargo, qué poco se imaginaban ellos que había estado «sentada sobre un volcán».

## CAPÍTULO 4

# Trenes fantasma

Jorge y los chicos los esperaban, deseosos de comunicarles sus impresiones acerca de la granja.

–Es un sitio muy bonito –comentó Julián, sentándose, mientras Ana empezaba a preparar el desayuno para el señor Luffy–. Una granja encantadora, con una pequeña vaquería y un cobertizo muy bien cuidado. Y además tienen un piano de cola en la sala de estar.

–¡Es curioso! Nunca hubiera pensado que se pudiera hacer tanto dinero en una granja para comprar algo así –comentó Ana, dándole la vuelta al beicon en la sartén.

–El granjero tiene un coche nuevo precioso –siguió Julián–. Completamente nuevo. Debe de haberle costado una fortuna. Su hijo nos lo enseñó. Y también nos enseñó su moderna maquinaria agrícola.

–Es muy interesante –dijo el señor Luffy–. Me pregunto cómo habrán podido hacer tanto dinero en este apartado rincón del mundo. Los dueños anteriores trabajaban mucho. No obstante, estoy seguro de que no podían permitirse el lujo de comprarse un piano de cola o un coche nuevo.

–¡Y si hubiese visto los camiones que tienen! –terció Dick–. ¡Estupendos! Creo que proceden del ejército.

–El chico nos explicó que su padre piensa usarlos para llevar cosas de la granja al mercado.

–¿Qué clase de cosas? –preguntó el señor Luffy, mirando hacia la pequeña granja–. ¡No hubiese imaginado jamás que necesitasen un camión! Una vieja camioneta bastaría para transportar todos sus productos.

–Bueno, eso es lo que nos contaron –dijo Dick–. Yo diría que todo presenta un aspecto muy próspero. El granjero debe de ser eficiente y trabajador.

–Compramos huevos, mantequilla, fruta y un poco de beicon –intervino Jorge–. La madre del chico parecía muy preocupada por servirnos bien. El granjero no apareció en todo el rato.

El señor Luffy estaba tomando ya su desayuno. Tenía un hambre feroz. Espantó las moscas que rondaban alrededor de su cabeza y, cuando una de ellas se instaló sobre su oreja derecha, la sacudió con violencia. La mosca alzó el vuelo, sorprendida.

–¡Por favor! Hágalo otra vez –rogó Ana–. ¿Cómo lo consigue? ¿Cree usted que si practico mucho durante semanas podré llegar a saber mover la oreja?

–No, supongo que no –respondió el señor Luffy, acabando su desayuno–. Bueno, tengo que escribir algo. ¿Qué haréis vosotros ahora? ¿Vais a dar una vuelta?

–No estaría mal que cogiésemos la comida y nos marchásemos a algún sitio –propuso Julián–. ¿Qué os parece?

–Por mí, conforme –dijo Dick–. Vamos a llevarnos algo para la comida y la merienda? ¿Y qué tal unos huevos duros?

No había pasado mucho tiempo cuando ya la comida estaba lista y empaquetada.

–No os perderéis, ¿verdad? –se preocupó el señor Luffy.

–No, señor –contestó Julián, riendo–. Tengo una brújula, aunque tiene una abolladura muy curiosa. Gracias a ella sé por dónde ando. Le veremos esta noche cuando volvamos.

–¿Usted tampoco se perderá, señor Luffy? –preguntó de repente Ana, inquieta.

–No seas descarada, Ana –regañó Dick, horrorizado por la pregunta de su hermana.

Sin embargo, él pensaba lo mismo que ella. El señor Luffy era tan distraído, que muy bien podía imaginárselo andando sin ser capaz de encontrar el camino de vuelta.

Él sonrió.

–No –dijo–. Me sé de memoria todos los caminos de por aquí. Conozco cada arroyo, cada sendero, y... esto... cada volcán.

Ana prorrumpió en una risita ahogada. Los otros miraron al señor Luffy con asombro preguntándose qué habría querido decir, pero nadie, excepto Ana, acertó a adivinarlo. Se despidieron y partieron.

–Es delicioso pasear hoy –dijo Ana–. Si encontramos algún sendero, ¿lo seguiremos o no?

–Será mejor que lo hagamos –replicó Julián–. Resultará un poco cansado caminar todo el día por los brezos.

Por lo tanto, cuando tropezaron inesperadamente con un sendero, lo siguieron.

–Me parece que no solo es un camino de ovejas –comentó Dick–. Apuesto a que es un trabajo muy solitario eso de cuidar ovejas en estas colinas llenas de brezos.

Durante algún tiempo caminaron por allí, jugando entre las brillantes fajas de brezos, las lagartijas que salían cuando menos lo esperaban de debajo de sus pies y el ejército de mariposas de todas clases que revoloteaban y se agitaban por encima de sus cabezas. A Ana le encantaban las pequeñas de color azul y se propuso preguntar al señor Luffy su nombre.

Almorzaron en la cima de una colina tapizada por una vasta faja de brezos, salpicados por motitas de un gris blanquecino. Los corderos pastaban por todas partes.

A la mitad del almuerzo, Ana oyó el mismo ruido que había oído antes. No muy lejos de donde se encontraban, un poco de humo blanco salió del suelo. El rostro de Jorge palideció. *Tim* se echó a sus pies gruñendo y ladrando con la cola baja. Los muchachos se echaron a reír con grandes carcajadas.

–No tengáis miedo, niñas. No es más que el tren que pasa por debajo. Nosotros ya lo sabíamos y estábamos deseando ver la cara que poníais cuando oyerais el ruido y vierais el humo.

–No tengo ni pizca de miedo –respondió Ana, muy digna.

Los chicos la miraron sorprendidos. ¡Era Jorge la que se había asustado! Por regla general, sucedía todo lo contrario.

Al fin, Jorge recobró el color y se rio. Llamó a *Tim*.

–Todo va bien, *Tim*. Ven aquí. ¿Te has enterado de que son los trenes?

Los niños discutieron con animación sobre el asunto. Realmente parecía difícil de creer que pasaran los trenes por debajo de ellos, con la gente leyendo el periódico y charlando allí donde nunca brillaba el sol.

–Bueno –dijo Julián, por último–. Vámonos. Iremos hasta la cima de la próxima colina. Una vez allí, creo que debemos dar la vuelta.

Encontraron un pequeño sendero. Julián opinó que debía de haber sido abierto por conejos, a juzgar por lo estrecho que era. Caminaron por él charlando y riendo. Treparon entre los brezos hasta la cima de la otra colina. Allí se encontraron con una nueva sorpresa.

Abajo, en el valle, silenciosas y desiertas, se divisaban las vías del ferrocarril.

–Mirad eso –dijo Julián–. Vías viejas abandonadas. Parece que ya no las emplean, y supongo que el túnel también estará fuera de uso.

Los rieles salían de la negra boca del túnel y acababan cosa de un kilómetro más allá, en lo que aparentaba ser una especie de cochera.

–Bajemos y echemos una mirada –dijo Dick–. ¡Venid! Tenemos mucho tiempo, y luego podemos tomar un atajo.

Descendieron desde la colina hasta las vías. Llegaron a poca distancia de la boca del túnel y fueron siguiendo

los rieles hasta alcanzar la solitaria cochera. Aquello estaba desierto.

–Mirad –dijo Dick–. Aquí hay algunos vagones. Parece como si no hubieran sido utilizados desde hace un montón de años. Vamos a empujarlos para hacerlos andar.

–¡Oh, no! –rechazó Ana, asustada.

Pero Jorge y los chicos, que habían soñado siempre con poder jugar con ferrocarriles de verdad, corrieron hacia los tres o cuatro vagones que reposaban sobre las vías. Dick y Julián empujaron con fuerza uno de ellos. Se movió, corrió un pequeño trecho y fue a chocar contra los topes del de delante con un estrepitoso ruido que resonó en la silenciosa cochera.

Se abrió de pronto la puerta de una cabaña situada al lado de la cochera y apareció en el umbral una figura aterradora. Era un hombre con una sola pierna, la otra era de madera; dos enormes brazos que parecían de gorila y un rostro rojo como un tomate con patillas grises. Abrió la boca y los niños esperaban un fuerte y colérico grito. En su lugar, escucharon un susurro ronco y seco.

–¿Qué estáis haciendo? ¡Como si no fuera suficiente tener que oír trenes fantasma por la noche para que encima haya de aguantarlos también durante el día!

Los cuatro niños le miraron asombrados. Pensaron que debía tratarse de un loco. Se acercó más a ellos y su pierna chocó contra el suelo con un singular «tip-tap». Balanceó los brazos con negligencia. Observó cuidadosamente a los niños como si los viese con dificultad.

–Se me han roto las gafas –dijo, dos lágrimas corrieron por sus mejillas–. ¡Pobre Sam *Pata de Palo*! Se le han roto las gafas. A nadie le importa Sam *Pata de Palo*. A nadie.

No había nada que decir a esto. Ana sintió pena por el pobre viejo. Sin embargo, procuró protegerse detrás de Julián.

Sam los miró otra vez con atención.

–¿Es que no tenéis lengua? ¿Veo visiones otra vez, o estáis aquí de verdad?

–Estamos aquí y somos de carne y hueso –respondió Julián–. Descubrimos desde arriba esta vieja vía y la cochera y bajamos a echar una mirada. ¿Quién es usted?

–Ya os lo dije, Sam *Pata de Palo* –contestó el viejo, impaciente–. El vigilante, ¿sabéis? Pero lo que pasa aquí me deprime. ¿Piensan ellos que me voy a dedicar a vigilar sus trenes fantasma? Pues bien, no. No seré yo, Sam *Pata de Palo*. He visto muchas cosas singulares en mi vida, sí, y he pasado miedo también, pero creo que no voy a seguir vigilando más trenes fantasma.

Los niños escuchaban curiosos.

–¿Qué trenes fantasma? –preguntó Julián.

Sam *Pata de Palo* permaneció en silencio. Miró a su alrededor como si pensase que alguien podía estar escuchando y de nuevo habló en su acostumbrado susurro ronco.

–Trenes fantasma, digo, que aparecen ellos solos por las noches a través del túnel, y se vuelven a ir solos. No llevan a nadie. Una noche vendrán por Sam *Pata de Palo*. Estoy asustado, lo estoy de veras. Me encierro en mi cabaña, me escondo debajo de la cama y apago la luz para que los trenes fantasma no sepan que estoy aquí.

Ana se estremeció. Apretó la mano de Julián.

–Julián, vámonos. Esto no me gusta. Todo suena extraño y horrible. ¿Qué quiere decir?

El viejo pareció cambiar de humor súbitamente. Cogió un largo palo carbonizado y se lo tiró a Dick, acertándole en la cabeza.

–¡Fuera de aquí! ¿Soy yo el guardián aquí, o no? ¿Y qué me dijeron? Me dijeron que echase a todo aquel que apareciese por aquí. ¡Fuera de aquí os digo!

Aterrorizada, Ana escapó. *Tim* gruñó y hubiese saltado sobre el extraño vigilante si Jorge no lo hubiese mantenido sujeto por el collar. Dick se frotó la cabeza en el lugar en que el palo le había dado.

–Ya nos vamos –dijo a Sam con suavidad–. No pensábamos transgredir ninguna regla. Puede usted cuidarse de sus trenes fantasma; no pensamos molestarle.

Era una lástima que el viejo guardián fuese tan extraño en sus apreciaciones.

Jorge y los chicos se volvieron y se reunieron con Ana.

–¿Qué son los trenes fantasma? ¿Trenes que no existen en realidad? ¿Los ve de veras por la noche?

–Se los debe de imaginar –respondió Julián–. Supongo que el estar solo durante tanto tiempo en esta estación desierta y vieja le hace ver cosas extrañas. No te preocupes, Ana, aquí no hay trenes fantasma.

–Pero él habló como si estuvieran allí –replicó Ana–. Como si fueran reales. No me gustaría nada ver un tren fantasma. ¿Y a ti, Julián?

–A mí sí me gustaría ver uno –dijo Julián, y se volvió hacia Dick–. ¿Te gustaría también a ti, Dick? ¿Vendremos una noche? Aunque solo sea a comprobar qué pasa.

## CAPÍTULO 5

# Regreso
# al lugar de acampada

Los niños y *Tim* dejaron atrás la abandonada cochera y
ascendieron por entre los brezos de la ladera para encontrar el camino de vuelta al lugar de acampada. Los cinco
no podían dejar de hablar sobre Sam *Pata de Palo* y las
extrañas cosas que había dicho.

–En todo esto hay algo raro –comentó Julián–. Me
pregunto por qué ya no se utiliza esa cochera y adónde
lleva ese túnel y si los trenes pasan aún por él.

–Yo creo que la explicación es muy sencilla –contestó Dick–. Es el propio Sam *Pata de Palo* el que lo hace
parecer todo extraño. Si allí hubiera habido un vigilante
normal, no habríamos encontrado nada raro.

–Quizás el chico de la granja lo sepa –dijo Julián–. Se
lo preguntaremos mañana cuando vayamos. Me temo

que en realidad no existe ningún tren fantasma, pero, ¡caramba!, me encantaría acercarme para ver si pasa alguno.

–Preferiría que no hablarais así –dijo Ana con tristeza–. Es como si quisierais correr otra aventura. Y yo no quiero.

–Bueno, no te preocupes. No nos vamos a meter en ninguna aventura –dijo Dick, en tono tranquilizador–. Y si de todas maneras nos metiésemos, siempre podrás ir con el señor Luffy. Él no vería una aventura aunque la stuviese debajo de la nariz. Estarías a salvo con él.

–¡Mirad, alguien anda por aquí! –dijo Jorge, viendo que *Tim* levantaba las orejas y escuchaba, lanzando un pequeño gruñido.

–Un pastor o algo así, supongo –respondió Julián. Y gritó amablemente–. ¡Buenas tardes! Qué buen día tenemos, ¿verdad?

Un viejo que estaba en el sendero, casi encima de ellos, volvió la cabeza. Debía de ser un pastor o un labrador. Esperó a que ellos llegaran a su altura.

–¿Visteis algunas de mis ovejas allá abajo? –les preguntó–. Llevan una cruz roja.

–No, no vimos ninguna por allí –dijo Julián–. Pero nos hemos cruzado con algunas más lejos, por la colina.

Hemos estado en la cochera y hubiéramos visto cualquier oveja que hubiera estado en la ladera.

–No vayáis allí –recomendó el viejo pastor, fijando sus descoloridos ojos azules en los de Julián–. Es un mal sitio.

–Bueno, ya hemos oído hablar de los trenes fantasma –replicó Julián riendo–. ¿Es a eso a lo que se refiere?

–Sí, hay trenes fantasma que salen del túnel y que nadie conoce –asintió el pastor–. Los he oído muchas veces, cuando he pasado la noche aquí con mi rebaño. Este túnel hace treinta años que no se usa, pero los trenes vienen y van como si aún estuvieran en servicio.

–¿Cómo lo sabe? ¿Los ha visto? –preguntó Julián. Y un escalofrío recorrió su espina dorsal.

–No, solo los he oído –dijo el viejo–. Hacen chuc, chuc, chuc, chuc. Y chirrían. Pero no silban. El viejo Sam *Pata de Palo* siempre habla de sus trenes fantasma, que nadie conduce ni repara. No vayáis allí, os lo repito: es malo y extraño.

Julián vio la aterrorizada expresión de Ana. Rio sonoramente.

–¡Vaya cuento! Yo no creo en trenes fantasma, ni tampoco debe hacerlo usted. Dick, ¿llevas la merienda en tu mochila? Busquemos un sitio bonito y tomemos unos sándwiches y un poco de tarta. ¿Quiere usted acompañarnos?

—No, muchas gracias —contestó el viejo, iniciando la marcha—. Tengo que cuidar de mis ovejas. Siempre están moviéndose y me hacen moverme a mí también. Buenos días, y no vayáis a ese sitio maldito.

Julián encontró un buen lugar, lejos de la vista de «ese sitio maldito», y todos se sentaron.

—¡Vaya montón de tonterías! —dijo Julián, que deseaba que Ana se tranquilizara—. Podemos preguntárselo al chico del granjero mañana. Me imagino que todo esto es una estúpida historia inventada por el vigilante cojo, que consiguió engañar al pastor.

—Yo también lo creo —dijo Dick—. ¿Te has dado cuenta de que el pastor no ha visto nunca esos trenes, Julián? Dijo que solo los había oído. Bueno, los ruidos alcanzan muy lejos por la noche. Y creo que lo que oyó fue simplemente el rugido de los trenes que pasan por aquí debajo.

—¡Ahora está pasando uno por algún sitio! Puedo sentir cómo tiembla el suelo.

Todos pudieron oírlo. Era una extraña sensación.

El rugido cesó al fin.

Se sentaron y merendaron mientras miraban a *Tim*

que escarbaba en la entrada de una madriguera de conejos y probaba a introducirse en su interior. Los cubrió a todos con tierra. No hubo manera de obligarle a abandonar su propósito. Parecía haberse vuelto sordo de repente.

–Si no apartamos a *Tim* de esta madriguera ahora mismo, va a meterse tan hondo que tendremos que sacarle por el rabo –dijo Julián, levantándose–. *¡Tim! ¡Tim!* ¡Fuera de la madriguera! ¡Sal de ahí enseguida!

Fueron necesarios los esfuerzos de Jorge y Julián para sacarlo. Él los miraba indignado, como si dijese: «¡Qué aguafiestas! Casi lo alcanzo y vosotros me estropeáis la faena».

Se sacudió con fuerza. Granos de arena y piedrecitas volaron de su pelo. Volvió hacia la madriguera otra vez, pero Jorge lo sujetó con firmeza por el rabo.

–No, *Tim*. Ahora, a casa.

–Está buscando por si encuentra algún tren fantasma –se burló Dick. Y esto hizo reír a todo el mundo, incluida Ana.

Se levantaron y se dirigieron hacia el lugar de acampada, cansados pero contentos. *Tim,* algo enfurruñado, caminaba tras sus talones.

Cuando al fin llegaron, vieron al señor Luffy sentado,

esperándolos. El humo azul de su pipa se elevaba en el aire.

–¡Hola! ¡Hola! –dijo, y sus oscuros ojos los miraron por debajo de sus peludas cejas–. Estaba empezando a pensar que os habíais perdido. De todos modos, suponía que el perro sabría traeros.

*Tim* meneó la cola en señal de cortés asentimiento y, como una flecha, se lanzó al cubo de agua para beber.

Ana alcanzó a detenerlo justo a tiempo.

–¡No, *Tim*! No bebas de esa agua, que es para lavar. Esa es la tuya, la que está en ese plato de ahí.

*Tim* fue a su plato y bebió, pensando que Ana era demasiado escrupulosa. La niña preguntó al señor Luffy si le apetecía cenar algo.

–No es que vayamos a cenar nosotros –dijo–. Merendamos muy tarde. Pero le puedo preparar algo si quiere, señor Luffy.

–Muy amable por tu parte. Pero comí en exceso a la hora del té –rechazó el señor Luffy su oferta–. He traído una tarta de frutas para vosotros de mi propia despensa. ¿Os parece que la repartamos para cenar? También he traído una botella de jugo de lima. Lo podemos mezclar con agua del arroyo.

Los muchachos fueron a buscar agua fresca para beber. Ana sacó algunos platos y cortó pedazos de tarta.

–Bien –dijo el señor Luffy–. ¿Tuvisteis una buena excursión?

–Sí –respondió la niña–, excepto que encontramos un extraño hombre cojo que nos dijo que no dejaban de molestarle los trenes fantasma.

–Bien, bien. Debe de ser un primo de una niña que conozco que creyó que estaba sentada sobre un volcán.

–No va a conseguir hacerme rabiar, señor Luffy –rio Ana a su vez–. Estoy hablando en serio. Ese viejo trabaja como vigilante de una especie de estación que ahora ya no se usa, y nos contó que cuando los trenes fantasma aparecían, apagaba la luz y se metía debajo de la cama para que no le cogiesen.

–¡Pobre viejo! –se condolió el señor Luffy–. Espero que no os haya asustado.

–Nos asustó un poco –confesó Ana–. Tiró un palo carbonizado a la cabeza de Dick. Mañana iremos a la granja a preguntar al chico si también él ha oído hablar de los trenes fantasma. Encontramos a un pastor que nos dijo que los había oído alguna vez, pero no los había visto.

–Bien, bien. Esto suena muy interesante –comentó el

señor Luffy–. Aunque estas excitantes historias normalmente tienen una explicación muy sencilla. Tú lo sabes. Ahora, ¿te gustaría ver lo que he encontrado hoy? Un pequeño escarabajo muy raro e interesante.

Abrió una pequeña lata y enseñó a la niña un brillante escarabajo. Tenía unas antenas verdes y un resplandor encarnado cerca de la cola.

–Esto es mucho más excitante para mí que media docena de trenes fantasma –explicó el señor Luffy a Ana–. Estos trenes no me quitará el sueño por la noche, pero el pensar en este escarabajo puede que lo haga.

–No me gustan mucho los escarabajos –dijo Ana–. Pero este es muy bonito. ¿De verdad que le gusta cazar insectos y observarlos, señor Luffy?

–Sí, mucho. ¡Ah! Ahí vienen los chicos con el agua. Voy a por la tarta. ¿Dónde está Jorge? ¡Oh! Está aquí cambiándose los zapatos.

Jorge tenía una ampolla en un talón y estaba poniéndose una tira de esparadrapo. Terminaba cuando llegaron los chicos y la tarta estuvo repartida. Se sentaron en círculo y comieron mientras el sol iba volviéndose rojo poco a poco como un hierro al fuego.

–Ojalá tengamos tan buen día mañana –comentó Julián–. ¿Qué os parece que hagamos?

–¿Quién va a ir a la granja primero? –preguntó Dick–. La mujer del granjero nos dijo que podría darnos algo más de pan si volvíamos pronto por la mañana. Y nos convendrían más huevos si podemos conseguirlos. Llevamos ocho huevos duros hoy y solo nos quedan uno o dos. ¿Quién se comió todos los tomates? Me gustaría saberlo.

–Todos vosotros –respondió Ana al momento–. Sois unos verdaderos tragones de tomates.

–Me siento avergonzado, puesto que soy uno de esos tragones –se disculpó el señor Luffy–. Creo que freíste seis para mi desayuno, Ana.

–No tiene importancia –dijo Ana–. De todos modos, usted no comió tantos como los otros. Podemos conseguir más.

Era agradable estar allí sentados, comiendo, charlando y bebiendo zumo de lima y agua del arroyo. Estaban cansados y pensaban con delicia en los cómodos sacos de dormir. *Tim* levantó la cabeza y dio un gran bostezo, enseñando su dentadura.

–¡*Tim!* Casi se te puede ver la cola por la garganta –le riñó Jorge–. Cierra la boca. ¡Nos vas a hacer bostezar a todos!

Así ocurrió. Incluso el mismo señor Luffy bostezó. Se levantó.

–Bueno, voy a acostarme –dijo–. Buenas noches. Haremos planes mañana por la mañana. Traeré algo para desayunar, si queréis. Cogeré algunas latas de sardinas.

–Muchas gracias –contestó Ana–. Y queda algo de tarta todavía. Espero que no encuentre el desayuno demasiado original, señor Luffy. Sardinas y tarta de fruta.

–En absoluto. Me parece una comida muy razonable –dijo la voz del profesor desde el pie de la colina–. Buenas noches.

Los niños se quedaron sentados unos minutos más, hasta que el sol desapareció de su vista. El viento levantaba un poco de frío.

*Tim* dio otro enorme bostezo.

–Vámonos –dijo Julián–. Ya es hora de acostarnos. *Tim* vino anoche a nuestra tienda y se paseó por encima de mí. Que durmáis bien, chicas. Vamos a tener una noche deliciosa, aunque, como me dormiré en menos de dos segundos, no me daré ni cuenta.

Las niñas se metieron en su tienda. Pronto estuvieron bien arropadas en sus respectivos sacos. Ana comenzaba a sentirse adormilada cuando sintió el temblor del suelo que indicaba que un tren pasaba por debajo. Pero no pudo oír el ruido característico. Se quedó dormida pensando en él.

Los chicos permanecían despiertos. También ellos habían sentido el temblor de tierra debajo de ellos, lo cual les recordó la vieja cochera.

–Es graciosa la historia esa de los trenes fantasma, ¿verdad, Dick? –preguntó Julián, soñoliento–. ¿Te imaginas que fuese verdad?

–¿Y cómo podría serlo? –rechazó Dick–. Mañana por la mañana iremos a la granja y hablaremos con ese chico. Vive en los páramos y debe de saber la verdad.

–La verdad es que Sam *Pata de Palo* está chiflado e imagina todo lo que dice. Y el viejo pastor está siempre dispuesto a creer las cosas más absurdas –opinó Julián.

–Supongo que tienes razón –dijo Dick–. ¡Oh! ¿Qué es eso?

Una sombra oscura los miraba desde la abertura de la tienda. Dio un pequeño gañido.

–¡Ah! Eres tú, *Tim*. ¿Querrías hacerme el favor de no hacerte pasar por un tren fantasma o algo por el estilo? –dijo Dick–. Si te atreves a poner media pata sobre mí, te tiraré colina abajo con un rugido como el de un tigre devorador de hombres. Anda, vete.

*Tim* puso una pata sobre Julián. Este gritó:

–¡Jorge! Llama a tu perro, ¿quieres? Está a punto de

empezar a dar vueltas y más vueltas sobre mí para pasar la noche.

No hubo respuesta alguna por parte de Jorge. *Tim*, dándose cuenta de que no era bien recibido, desapareció. Volvió al lado de su ama y se enroscó sobre sus pies. Puso el hocico sobre las patas y se durmió.

–El fantasma de *Tim* –murmuró Julián volviéndose a acomodar–. El fantasma de *Tim*, ¿no?, o ¿qué era eso, Dick?

–Cállate –ordenó Dick–. Entre tú y *Tim* no hay quien pueda dormirse. –Pero se durmió casi antes de haber acabado de hablar.

El silencio cayó sobre el pequeño campamento y nadie se enteró de que un nuevo tren pasaba rugiendo por debajo de ellos. Ni siquiera *Tim*.

# CAPÍTULO 6

# Un día en la granja

Al día siguiente, los muchachos se levantaron muy temprano, tan temprano como el señor Luffy, y desayunaron juntos. El señor Luffy tenía un mapa de los páramos y lo estudió cuidadosamente después del desayuno.

—Creo que saldré durante todo el día —confió a Julián, que estaba sentado a su lado—. Mira este pequeño valle señalado aquí, el Crowleg Vale. He oído decir que allí se pueden encontrar algunos de los escarabajos más raros de Inglaterra. Cogeré mi equipo y me iré para allá. ¿Qué vais a hacer vosotros cuatro?

—Cinco —corrigió Jorge al momento—. Ha olvidado usted a *Tim.*

—Es cierto. Le presento mis excusas —dijo el profesor con toda solemnidad—. Bien, ¿qué vais a hacer?

—Iremos a la granja y compraremos comida —contestó

Julián–. Aprovecharemos para preguntarle al chico si ha oído el cuento de los trenes fantasma. Y quizás echemos un vistazo alrededor de la granja y vayamos a conocer sus animales. Me gustan las granjas.

–Bien –asintió su interlocutor, empezando a encender su pipa–. No os preocupéis por mí si no estoy de vuelta cuando anochezca. Cuando voy de caza pierdo la noción del tiempo.

–¿Está seguro de que no se perderá? –preguntó Ana con ansiedad.

Pensaba que el señor Luffy era completamente incapaz de cuidar de sí mismo.

–¡Creo que sí! Mi oreja derecha me advierte cuando empiezo a perder el camino. Se mueve con violencia para avisarme.

La movió en honor de Ana, y esta se echó a reír.

–Me gustaría que me dijera cómo lo hace –suplicó–. Estoy segura de que lo sabe. No se puede imaginar cómo impresionaría a mis compañeras de colegio con este truco. Sería genial.

El señor Luffy hizo una mueca divertida y se levantó.

–Bueno –dijo–. Me voy antes de que Ana me obligue a darle una lección sobre cómo mover las orejas.

Se marchó colina abajo hacia su tienda.

Ana y Dick lavaron los platos en tanto que los otros tensaban algunos vientos de las tiendas que se habían aflojado y lo recogían todo.

—Supongo que no pasará nada si dejamos todas las cosas así, sin vigilancia —dijo Ana en tono preocupado.

—Bueno, lo hicimos ayer, ¿no? —respondió Dick—. Y, además, ¿quién va a venir a llevarse algo de aquí, en este salvaje y solitario lugar? Me gustaría saberlo. ¿No te imaginas un tren fantasma acercándose a nuestro campamento, llevándoselo todo en su furgón?

—No seas tonto. Solo estaba pensando que podríamos dejar a *Tim* de vigilancia. Eso es todo.

—¡Dejar a *Tim*! —exclamó Jorge, sorprendida—. No te imaginarás que permitiré que *Tim* se quede aquí cada vez que nos vayamos, Ana. No seas idiota.

—Ya. No tenía la menor esperanza de que quisieras. Bueno, espero que nadie venga por aquí. Pon a secar ese paño de cocina, Dick, si has acabado.

Pronto los paños de cocina estuvieron colgados sobre las aulagas, secándose al sol. Se colocaron con todo cuidado las cosas en las tiendas. El señor Luffy les gritó un fuerte «¡adiós!» y se fue. Los cinco estaban ya dispuestos para marchar a la granja.

Ana cogió un cesto y entregó otro a Julián.

–Es para traer la comida –explicó–. ¿Estáis preparados?

Se pusieron en marcha entre los brezos. Sus desnudas rodillas iban rozando las flores llenas de miel, y a su paso, montones de trabajadoras abejas se levantaban, zumbando. El día era de nuevo encantador, y los niños se sentían libres y felices.

Llegaron a la pequeña granja. Varios hombres trabajaban en los campos, pero Julián pensó que no parecían en exceso afanados. Miró a su alrededor buscando al hijo de los dueños. El chico salió de un cobertizo y les silbó.

–¡Hola! ¿Volvéis por más huevos? He recogido muchos para vosotros –se quedó mirando a Ana–. Tú no viniste ayer con los otros. ¿Cómo te llamas?

–Ana –respondió esta–. ¿Y tú?

–Jock –dijo el chico con una mueca.

«Es un chico agradable», pensó Ana. Tenía el pelo de color paja, los ojos azules, la cara bastante colorada y miraba con simpatía.

–¿Dónde está tu madre? –preguntó Julián–. ¿Podrías proporcionarnos un poco de pan y otras cosas? Ayer comimos muchísimo y queremos reponer nuestra despensa.

–En este momento estará trabajando en la lechería –contestó Jock–. ¿Tenéis prisa? Venid a ver mis cachorros.

Se dirigieron tras él hacia un cobertizo. En el fondo había una caja grande cubierta de paja. En ella estaba echada una perra *collie* con cuatro cachorritos. Gruñó ferozmente a *Tim*, y este salió corriendo del cobertizo. ¡Había conocido antes a madres furiosas y no le gustaban!

Los cuatro chicos prorrumpieron en exclamaciones de admiración ante los gordos cachorritos. Ana sacó fuera uno muy simpático. Se acurrucaba entre sus brazos y soltaba unos divertidos quejidos.

–Me gustaría que fuese mío –exclamó–. Le llamaría *Mimoso*.

–¡Qué nombre tan feo para un perro! –rechazó Jorge con tono desdeñoso–. No se te podía haber ocurrido un nombre peor, Ana. Déjame cogerlo. ¿Son todos tuyos, Jock?

–Sí –dijo Jock, orgulloso–. La madre es mía, como puedes ver. Se llama *Biddy*.

*Biddy* levantó las orejas al oír su nombre y miró a Jock con ojos vivos y despiertos. Él acarició su sedosa cabeza.

–Hace cuatro años que la tengo. Mientras estábamos

en la granja de Owl, el viejo granjero Burrows me la regaló, cuando solo tenía ocho semanas.

–¿Entonces estuviste en otra granja antes de venir aquí? –preguntó Ana–. ¿Has vivido siempre en una granja? ¡Qué suerte tienes!

–Solo he vivido en dos –contestó Jock–. En la granja de Owl y en esta. Mamá y yo dejamos la granja de Owl cuando papá murió y nos fuimos a vivir a una ciudad durante un año. Yo odiaba vivir en la ciudad. Me sentí muy contento cuando vinimos aquí.

–Pero yo creí que tu padre vivía –dijo Dick, confuso.

–Ese es mi padrastro. No es granjero. –Echó una ojeada a su alrededor y bajó la voz–. No sabe una palabra de granjas. Es mi madre la que tiene que decir a los hombres lo que deben hacer. Aunque la verdad es que él le da mucho dinero para hacerlo todo bien. Y hemos comprado buena maquinaria y montones de cosas... ¿Os gustaría ver la lechería? Es muy moderna y a mamá le encanta trabajar en ella.

Jock guio a los chicos hasta la resplandeciente e inmaculada lechería. Su madre estaba trabajando allí, ayudada por una muchacha. Volvió la cabeza y sonrió a los niños.

–Buenos días. ¿Ya estáis hambrientos otra vez? Os

prepararé una buena cantidad de comida cuando haya acabado con esto. ¿Querríais quedaros a comer con Jock? Está bastante solo durante las vacaciones, sin ningún chico que le haga compañía.

–¡Oh, sí! Vamos a quedarnos –gritó la pequeña Ana, encantada–. Me gustaría mucho. ¿Podemos hacerlo, Julián?

–Sí. Muchísimas gracias, señora... esto... –titubeó Julián.

–Soy la señora Andrews –dijo la madre de Jock–. Pero Jock se apellida Robins. Es el hijo de mi primer marido. Bien, quedaos todos a comer y veré si puedo serviros una comida que os permita aguantar durante el resto del día.

Esto sonaba bien. Los cuatro niños se sintieron emocionados y *Tim* meneó con vigor su rabo. Le había gustado la señora Andrews.

–¡Venid! –invitó Jock muy alegre–. Os llevaré a dar una vuelta por la granja. Veremos todos los rincones. No es muy grande, pero vamos a convertirla en la mejor granja de los páramos. Mi padrastro parece no tomarse mucho interés por el trabajo de la granja. Sin embargo, tengo que reconocer que es muy generoso cuando da dinero a mamá para comprar lo que quiera.

A los chicos les pareció que, en efecto, la maquinaria de la granja era completamente moderna. Examinaron las máquinas y herramientas. Fueron a la pequeña vaquería y admiraron el limpio suelo de piedra y las blancas paredes de ladrillo. Se subieron por los vagones pintados de rojo y desearon poder probar los dos tractores que estaban guardados en un granero.

—Tenéis muchos hombres trabajando aquí —dijo Julián—. Nunca pensé que hubiera tanto que hacer en este sitio tan pequeño.

—No son buenos trabajadores —respondió Jock, frunciendo el ceño—. Mamá tiene que enfadarse con ellos cada dos por tres. Casi no sabe por dónde andan. Papá contrata muchos hombres, aunque el caso es que siempre los elige muy malos. Parece que el trabajo de la granja no les gusta y en cuanto pueden se van corriendo a la ciudad más próxima. Solo hay uno que vale, y ya es viejo. Aquel que está allí. Se llama Will.

Los niños examinaron con curiosidad a Will, que trabajaba en un pequeño huerto. Era un viejo de rostro arrugado, con la nariz chata y ojos azules. Les gustó su aspecto.

—Sí, parece de verdad granjero —comentó Julián—. Los otros no.

—No quiere ir nunca con ellos —dijo Jock—. No hace más que regañarles y los llama imbéciles y *dotas*.

–¿Qué significa «dota»? –preguntó Ana.

–Idiotas –contestó Dick. Y se dirigió a conversar con Will–. ¡Buenos días! –saludó–. Está usted muy atareado. Siempre hay mucho que hacer en una granja, ¿verdad?

–Mucho que hacer, muchos para hacerlo y muy poco hecho –dijo con voz cascada mientras proseguía su trabajo–. Nunca creí que me viese obligado a trabajar con imbéciles y *dotas*.

–¿Qué? ¿Qué os dije? –exclamó Jock, con una mueca–. Siempre está llamando así a los otros, de modo que tenemos que procurar mantenerlo lejos de ellos. De todos modos, debo decir que tiene toda la razón. Muchos de esos individuos no tienen ni idea de lo que es una granja. Desearía que mi padrastro nos dejase tener unos operarios más adecuados en vez de esos individuos.

–¿Dónde está tu padrastro? –preguntó Julián, pensando que era un poco extraño invertir tanto dinero en una granjita de los páramos como esa, y elegir además la peor clase de trabajadores.

–Se pasa fuera todo el día –respondió Jock–. ¡Menos mal! –añadió, con una mirada de reojo a los otros.

–¿Por qué? ¿No te gusta? –intervino Dick.

–Pues... no es granjero, aunque hace todo lo posible por parecerlo. Y no, no me gusta ni pizca. Intento acostumbrarme a él por mamá. Pero siempre me alegro cuando desaparece de mi vista.

–Tu madre es encantadora –afirmó Jorge.

–¡Oh, sí! Mamá es genial –asintió Jock–. No sabéis lo que representa para ella tener otra vez su propia granja y poder atenderla con la maquinaria adecuada y todo.

Llegaron a un amplio granero. La puerta estaba cerrada con llave.

–Creo que ya os dije lo que había aquí –explicó Jock–. Camiones. Podéis atisbar por este agujero. No sé por qué mi padrastro quiso comprar tantos. Supongo que los conseguiría baratos. Le encanta comprar cosas baratas y venderlas luego caras. Dijo que nos serían de gran utilidad en la granja para llevar los productos al mercado.

–Sí, ya nos lo explicaste ayer cuando estuvimos aquí –dijo Dick.

–Sí, yo deduje que no lo había comprado para la granja al fin y al cabo, sino para guardarlos aquí hasta que los precios subieran. Así ganará mucho dinero –bajó la voz–. No le he dicho esto a mamá. Mientras ella se sienta feliz porque tiene todo lo que quiere para la granja, me morderé la lengua.

Los niños estaban muy interesados en todo aquello.

Estaban deseando ver al señor Andrews. Tenía que ser un tipo raro, pensaban. Ana intentó imaginar cómo sería.

«Grande, alto, moreno y ceñudo –pensó–. Con un aspecto más bien atemorizador e impaciente. Y seguramente no le gustarán los niños. A esta clase de gente nunca le gustan».

Pasaron una mañana muy agradable deambulando por la granja. Volvieron a visitar a *Biddy*, la perra pastor, y a sus cachorros. *Tim* esperó en el exterior del cobertizo con la cola baja. Le molestaba que Jorge demostrara un excesivo interés por otros perros.

Una campana sonó ruidosamente.

–¡Qué bien! ¡La comida! –exclamó Jock–. Será mejor que nos lavemos. Estamos todos que damos asco. Espero que tengáis mucha hambre, porque supongo que mamá nos habrá preparado una supercomida.

–Yo estoy que me caigo –replicó Ana–. Parece como si hubiesen pasado años desde que desayunamos. Casi lo he olvidado.

Todos se sentían igual. Entraron en la granja. Se sorprendieron al encontrar un cuarto de baño precioso. La señora Andrews apareció con una toalla limpia.

–Es bonito, ¿verdad? –preguntó–. Mi esposo me lo

hizo instalar. Es el primer cuarto de baño adecuado que he tenido en mi vida.

Un exquisito olor subía desde la cocina.

–Vamos –les apremió Jock, cogiendo el jabón–. Démonos prisa. ¡Estaremos abajo en un minuto, mamá!

Bajaron. Nadie se sentía dispuesto a perder mucho tiempo lavándose cuando abajo les estaba esperando una estupenda comida.

## CAPÍTULO 7

# El señor Andrews llega a casa

Se sentaron a la mesa. Había una gran empanada de carne, jamón, ensalada, patatas asadas con su piel y encurtidos caseros. En verdad, resultaba difícil saber por dónde empezar.

–Comed un poco de todo –dijo la señora Andrews, cortando la empanada–. Empezad por esto y seguid con el jamón. Esto es lo mejor de vivir en una granja, ¡siempre hay un montón de cosas para comer!

De postre les sirvió ciruelas con nata y unas tartaletas de mermelada también con nata. Las devoraron con deleite.

–En mi vida había comido tan bien –suspiró Ana, por fin–. Desearía seguir comiendo, pero estoy totalmente llena. Ha sido una comida estupenda, señora Andrews.

–Genial –corroboró Dick. Esta era su palabra favorita en aquellas vacaciones–. Absolutamente genial.

–Guau –dijo *Tim* asintiendo.

Se había zampado un buen plato de huesos bien cubiertos de carne, galletas y salsa, y a lengüetazos había recogido hasta la última miga y hasta la última gota... Ahora deseaba echar una siestecita al sol y no mover ni una pata en lo que quedaba del día.

Los niños se sentían igual.

La señora Andrews les dio una chocolatina a cada uno y los envió afuera.

–Id a descansar un poco ahora –les dijo–. Charlad con Jock. En vacaciones no suele tener amigos de su edad. Si queréis, podéis quedaros a merendar.

–¡Oh, gracias! –respondieron.

Todos pensaban que no serían capaces de tragar ni una galleta; sin embargo, era tan agradable estar en la granja que les apetecía quedarse.

Ana preguntó, dirigiéndose a la mamá de Jock:

–¿Podemos llevarnos un rato uno de los cachorritos de *Biddy*?

–Si es que no le molesta a *Biddy* –concedió la señora Andrews, empezando a recoger la mesa–. Y siempre que no haya peligro de que vuestro perro se lo coma, claro está.

–¿*Tim*? ¡Ni soñarlo! –protestó Jorge enseguida–.

Anda, ve a coger el perrito, Ana. Nosotros buscaremos mientras un lugar agradable al sol.

A *Biddy* no pareció importarle nada que se llevasen a su cría. Ana apretó contra su pecho aquel animalito y fue a reunirse con los otros, sintiéndose muy feliz.

Los chicos habían encontrado un buen sitio en un pajar y se sentaron apoyándose contra la pared y calentándose al sol.

—Vuestros hombres se toman con calma la hora de comer —comentó Julián, al no ver a ninguno de ellos por allí.

Jock asintió con un gruñido.

—¡Son perezosos hasta la médula! Si yo fuera mi padrastro los despediría a todos. Mamá le cuenta lo mal que trabajan, pero él no dice nada. Yo ya he dejado de preocuparme. No soy yo quien los paga.

—¿Le contamos a Jock lo de los trenes fantasma? —preguntó de pronto Jorge, acariciando las orejas de *Tim*—. Es divertido hablar de ellos.

—¿Trenes fantasma? ¿Qué es eso? —preguntó Jock, abriendo los ojos muy sorprendido—. Nunca he oído hablar de ellos.

—¿De verdad no has oído nada? —se extrañó Dick—. Bueno, pues no vives muy lejos, Jock,

–Explicádmelo –pidió Jock–. Trenes fantasma. No, nunca he oído hablar de eso.

–Bueno, te diré lo que sabemos –concedió Julián–. Precisamente creímos que tú nos podrías aclarar algo del asunto.

Empezó a explicarle a Jock su visita al apeadero abandonado, la aparición del viejo Sam *Pata de Palo* y su singular conducta.

Jock estaba emocionado.

–¡Vaya! Me hubiera gustado estar con vosotros. ¿Por qué no vamos juntos otro día? Fue casi una aventura lo que os ocurrió. Yo no he tenido ni una sola aventura en toda mi vida, ni siquiera una pequeñita. ¿Vosotros sí?

Los cuatro niños se miraron unos a otros y *Tim* miró a su ama. ¡Aventuras! ¡Que si sabían algo de ellas! ¡Habían vivido tantas!

–Sí, hemos corrido montones de aventuras. Aventuras de verdad y geniales –respondió Dick–. Nos han encerrado en calabozos, hemos encontrado pasadizos secretos, tesoros... Bueno, no te podemos contar todo lo que nos ha pasado. Sería demasiado largo.

–No, no lo sería –protestó Jock ansiosamente–. ¡Contádmelo! ¡Empezad! ¿Estabais todos juntos cuando os pasaron? ¿También Ana?

–Sí, todos nosotros –contestó Jorge– y siempre con *Tim*. Nos ha salvado montones de veces del peligro, ¿verdad, *Tim*?

–¡Guau! –asintió *Tim*, golpeando el suelo con la cola.

Relataron a Jock algunas de sus muchas aventuras. El chico escuchaba con emoción. Los ojos casi se le saltaban de las órbitas y se ponía rojo como un tomate cuando llegaban a un momento culminante.

–¡Palabra de honor –dijo al fin– que nunca había oído nada parecido en mi vida! ¡Qué suerte tenéis! ¡Siempre tenéis aventuras! ¿Creéis que vais a tener alguna durante estas vacaciones?

Julián se echó a reír.

–No. ¿Qué clase de aventuras quieres que pasen en estos páramos solitarios? Tú has vivido aquí durante tres años y no has tenido ni siquiera una pequeña.

Jock suspiró.

–Es verdad. –De pronto, sus ojos brillaron de nuevo–. Pero, un momento, ¿qué hay de esos trenes fantasmas sobre los que me preguntabais antes? Quizás os salga una aventura con ellos.

–No, no quiero –protestó la pequeña Ana con voz horrorizada–. Una aventura con los trenes fantasma sería espantosa.

78

–Me gustaría ir con vosotros a esa cochera abandonada y ver a Sam *Pata de Palo* –aseguró Jock con anhelo–. Eso significaría una verdadera aventura para mí, ¿sabéis? Aunque solo fuera hablar con un extraño viejo que de repente empieza a tirar cosas. ¡Llevadme con vosotros la próxima vez que vayáis!

–Bueno..., no habíamos planeado volver a ir –dudó Julián–. Seguramente no hay en esa historia más que imaginación. El viejo se ha vuelto chiflado de estar solo tanto tiempo, guardando una cochera a la que ya no va nadie. Recuerda los trenes que iban y venían antes de que aquello quedara abandonado y se figura que son de verdad.

–Sin embargo, el pastor os dijo lo mismo que Sam –dijo Jock–. ¿Por qué no vamos una noche y vigilamos por si aparece un tren fantasma?

–¡No! –exclamó Ana, espantada.

–Tú no hace falta que vengas –la tranquilizó Jock–. Solo nosotros tres.

–Y yo –dijo Jorge al momento–. No pienso quedarme en el campamento. *Tim* vendrá también.

–¡Oh! Por favor, no hagáis esos planes tan horribles –rogó Ana–. Lograréis que tengamos una nueva aventura si seguís así.

Nadie le hizo el menor caso. Julián miró el emocionado rostro de Jock.

–Bueno –dijo–. Si volvemos allí, te avisaremos, y si decidimos vigilar esos trenes fantasma, podrás venir con nosotros.

Jock estuvo a punto de abrazar a Julián.

–Eso sería fantástico –dijo–. Muchas gracias. ¡Trenes fantasma! Casi estoy por jurar que veremos alguno. ¿Quién lo conducirá? ¿De dónde vendrá?

–Dice Sam *Pata de Palo* que salen del túnel –recordó Dick–. Pero no sé cómo los vamos a localizar si no es por el ruido, porque, al parecer, los trenes fantasma solo pasan de noche. Nunca de día. No podremos verlos bien aunque estemos allí.

Era un asunto tan interesante para Jock, que se pasó hablando de él toda la tarde. Ana se cansó de escuchar y se durmió con el cachorrito de *Biddy* entre los brazos. *Tim* se enroscó junto a su dueña y también se echó a dormir. Hubiese preferido ir a dar un paseo, pero pareció darse cuenta de que había muy pocas esperanzas de que se interrumpiese la conversación en marcha.

Llegó la hora de la merienda sin que se dieran cuenta. La campana sonó de pronto y Jock pareció sorprendido.

–¡La merienda! ¿Podéis creerlo? He pasado una tarde muy emocionante hablando de todo esto... Y ¿sabéis una cosa? Si vosotros no os decidís a ir a cazar trenes fantasma, iré yo solo. Con una sola aventura al estilo de las vuestras, ya sería feliz.

Después de haber despertado a Ana con dificultad, fueron a merendar. La niña devolvió el cachorro a *Biddy*, que lo recibió muy contenta y lo lamió de pies a cabeza. Julián se sorprendió al darse cuenta de que estaba hambriento otra vez.

–Bueno –dijo, mientras se sentaba a la mesa–. Yo hubiera jurado que no volvería a tener hambre durante una semana, pero la tengo. ¡Qué merienda tan magnífica, señora Andrews! ¿Verdad, chicos, que Jock tiene mucha suerte al poder disfrutar siempre de comidas como esta?

Había bollitos hechos en casa con miel fresca, rebanadas de pan con mucha mantequilla y queso fresco recién hecho, un pegajoso y oscuro bizcocho de jengibre, caliente aún, y un enorme pastel de frutas, que parecía un budín de ciruelas, de lo negro que era.

–Ahora desearía no haber comido tanto al mediodía –suspiró Ana–. No me siento capaz de probarlo todo, aunque me gustaría.

La señora Andrews se echó a reír.

–Come lo que puedas de momento, y os envolveré algo para después. Podéis llevaros un poco de queso, bollos de miel y un poco de pan que hice esta mañana. Y tal vez también os apetezca un trozo de bizcocho de jengibre. He hecho mucho.

–Muchas gracias –respondió Julián–. Disfrutaremos de lo lindo mañana con todo esto. Es usted una maravillosa cocinera, señora Andrews. Me gustaría vivir en su granja.

De repente se oyó el ruido de un motor que se acercaba despacio por el empinado camino que llevaba a la granja. La señora Andrews miró hacia afuera.

–Este es el señor Andrews, que vuelve –explicó–. Mi marido, que es el padrastro de Jock.

Julián pensó que parecía estar un poco preocupada. Tal vez al señor Andrews no le gustaban los niños y no le haría mucha gracia encontrarlos alrededor de su mesa cuando regresaba cansado a casa.

–¿Preferiría que nos marchásemos, señora Andrews? –preguntó cortésmente–. Quizás el señor Andrews desee un poco de paz y somos demasiados, ¿verdad?

La madre de Jock sacudió la cabeza.

–No, podéis quedaros. Le serviré la comida en la otra habitación.

El señor Andrews entró. No tenía nada que ver con la idea que se habían forjado los niños. Era un hombre bajito y moreno. Tenía una cara muy delgada, con una nariz demasiado grande.

Parecía estresado y de mal humor y se detuvo de repente cuando vio a los cinco niños.

–Hola, querido –lo saludó su esposa–. Jock ha invitado a sus amigos. ¿Te gustaría tomar el té en tu cuarto? Te lo subo en una bandeja.

–Bueno –asintió él con una insípida sonrisa–. Quizá será lo mejor. Tuve un día muy pesado y no he comido gran cosa.

–Te llevaré una bandeja con pan, jamón y encurtidos –dijo su mujer–. Solo tardaré un minuto. Puedes ir lavándote.

El señor Andrews abandonó la estancia. Ana se había quedado muy sorprendida de que fuese tan bajito y con una apariencia de poco espabilado. Se lo había imaginado alto, voluminoso, fuerte e inteligente, atareado siempre en grandes cosas y en asuntos de mucho dinero. Bueno, debía de ser más listo de lo que parecía, puesto que ganaba tanto como para poder proporcionar a la señora Andrews todo lo que necesitaba para la granja.

La señora Andrews trajinaba de un lado para otro, preparando una bandeja con una servilleta blanca como la nieve y platos con comida. Se podía oír a su marido en el cuarto de baño, lavándose las manos. De pronto bajó y asomó la cabeza por la puerta.

–¿Tengo ya la comida preparada? –preguntó–. ¿Has tenido un buen día, Jock?

–Sí, gracias –dijo Jock, en tanto su padrastro tomaba la bandeja de las manos de su madre y se preparaba para retirarse de nuevo–. Fuimos a dar una vuelta por la granja esta mañana, y por la tarde estuvimos charlando. A propósito, papá, ¿sabes algo referente a unos trenes fantasma?

El señor Andrews se encontraba justo en el umbral de la puerta. Se volvió sorprendido.

–¿Trenes fantasma? ¿De qué estás hablando?

–Julián asegura que hay una vieja cochera abandonada, no lejos de aquí, y se supone que los trenes fantasma salen del túnel que hay allí, en plena noche –explicó Jock–. ¿Has oído hablar de ellos?

El señor Andrews permaneció unos instantes callado con los ojos fijos en su hijastro. Parecía consternado y sorprendido. Volvió a entrar y cerró la puerta.

–Merendaré aquí –decidió–. Bueno, bueno, así que os

han hablado de esos trenes fantasma. Yo no he querido deciros nada a tu madre y a ti, por temor a asustaros.

—¡Bah! —se burló Dick—. ¿Quiere hacernos creer que son de verdad? No es posible.

—Contadme todo lo que sepáis y cómo lo habéis sabido —pidió el señor Andrews, sentándose a la mesa con su bandeja—. Empezad. No os olvidéis de nada. Quiero saberlo todo.

Julián titubeó.

—Pues..., realmente no hay nada que explicar, señor, solo un montón de tonterías.

—¡Contádmelo! —casi gritó el señor Andrews—. Luego os contaré yo unas cuantas cosas. Y os explicaré por qué no debéis acercaros más a la vieja cochera. ¡No, no debéis volver!

## CAPÍTULO 8

# Una tarde perezosa

Los cinco niños y la señora Andrews miraron al hombre muy sorprendidos al oírle gritar. El señor Andrews insistió:

—¡Vamos! ¡Contadme todo lo que sepáis! Después hablaré yo.

Julián decidió al fin relatarle en pocas palabras lo que les había ocurrido y lo que Sam *Pata de Palo* les había dicho.

Procuró que su historia pareciese escueta e insípida. El señor Andrews le escuchaba con el mayor interés, sin apartar sus ojos de él ni por un momento. Cuando hubo terminado, se sentó y apuró su taza de té de un sorbo.

Los niños esperaban a que hablase, preguntándose qué diría.

–Ahora –dijo, intentando que su voz sonase importante y que causase impresión–, oídme. Ninguno de vosotros debe ir a la cochera otra vez. Es un mal lugar.

–Pero ¿por qué? –preguntó Julián–. ¿Por qué le parece a usted que es un mal lugar?

–Hace muchos años sucedieron allí cosas –continuó el señor Andrews–. Cosas terribles. Accidentes. Fue cerrada después de eso y el túnel no se volvió a utilizar nunca más. ¿Entendéis? No se permitía que nadie se acercara por allí y a nadie se le ocurría ir, porque estaban asustados. Sabían que era un mal sitio donde pasaban cosas malas.

Ana se sintió aterrorizada.

–Pero, señor Andrews, usted no creerá de verdad que hay trenes fantasma –protestó muy pálida.

El señor Andrews cerró los labios y asintió con solemnidad.

–Eso es precisamente lo que pienso. Los trenes fantasma vienen y van. Nadie sabe por qué. Pero trae mala suerte estar allí cuando pasan. Se os podrían llevar.

Julián se echó a reír.

–No creo que sea tan malo. De todos modos, está usted asustando a Ana, así que será mejor que cambiemos de tema. Yo no creo en trenes fantasma.

No obstante, el señor Andrews parecía no querer cambiar de tema de conversación.

–Sam *Pata de Palo* tiene razón al esconderse cuando pasan –dijo–. No sé cómo tiene valor para quedarse en un sitio como ese, sin saber cuándo saldrá algún tren de ese túnel.

Julián no pensaba permitir que siguiera asustando a Ana por más tiempo. Se levantó de la mesa y se volvió hacia la señora Andrews.

–Muchísimas gracias por este magnífico día y esta exquisita comida –dijo–. Debemos irnos ya. Vamos, Ana.

–Espera un minuto –le atajó el señor Andrews–. Quiero advertiros por última vez y muy seriamente que no debéis poner los pies en esa cochera. ¿Me oyes, Jock? ¡Podríais no regresar jamás! El viejo Sam *Pata de Palo* está loco, sin duda a consecuencia de oír el paso de los trenes fantasma a altas horas de la noche. Es un lugar peligroso, os lo repito. No os acerquéis.

–Bien, gracias por la advertencia, señor –respondió Julián, con la mayor cortesía, pero de pronto, se sintió disgustado por la presencia de aquel hombrecito de nariz demasiado grande–. Nos vamos. Adiós, señora Andrews; adiós, Jock. Ven mañana a vernos y comeremos juntos, ¿quieres?

–¡Oh! ¡Gracias! ¡Claro que sí! –contestó Jock–. Pero, esperad un momento. ¿No os ibais a llevar algo de comida?

–Claro que lo harán –intervino la señora Andrews levantándose de la silla. Había estado escuchando la conversación con una expresión de confusión y asombro en su rostro. Se encaminó hacia el anexo de la cocina, donde había una gran despensa.

Julián la siguió transportando los dos cestos.

–Será mejor que os llevéis bastantes provisiones –dijo la señora Andrews, poniendo panes, mantequilla y queso en los cestos–. Ya sé qué apetito gastan los jóvenes. No os preocupéis demasiado por lo que mi marido acaba de decir. Vi que la pequeña Ana estaba asustada. Nunca oí hablar de esos famosos trenes y eso que hace ya tres años que vivo aquí. Creo que hay mucho de leyenda por mucho que mi marido os diga que no vayáis a la cochera.

Julián no respondió. Pensaba que el señor Andrews había obrado de un modo extraño en aquel asunto. Era de esa clase de personas que cree en todo tipo de tonterías y se asustan con las supersticiones. Parecía una persona débil. Julián se preguntó cómo una mujer tan agradable como la señora Andrews había podido casarse con aquel tipejo. En fin, por lo menos era un marido generoso, a juzgar por lo que Jock había dicho de él, y quizá su madre se sentía agradecida por haberle regalado la granja y el dinero para manejarla a su gusto. Sí, debía de ser eso.

Julián dio las gracias una vez más a la señora Andrews e insistió en pagarle, pese a que ella le habría regalado las cosas de buena gana. Entró en la cocina con él. Los otros habían salido ya.

Solo se había quedado el señor Andrews, que seguía comiendo pan con jamón.

—Adiós, señor —se despidió Julián de él.

—Adiós. Y recordad que trae mala suerte ver trenes fantasma. Una mala suerte terrible. Procurad no acercaros por allí.

Julián esbozó una sonrisa cortés y abandonó la casa. Era ya bastante tarde, y el sol comenzaba a ocultarse detrás de las colinas, aunque todavía le quedaba un largo camino que recorrer antes de desaparecer de manera definitiva. Alcanzó a sus compañeros.

Jock iba también con ellos.

—Voy a acompañaros hasta medio camino —le explicó Jock—. Mi padrastro parecía muy impresionado con eso de los trenes fantasma, ¿verdad?

—A mí me entró mucho miedo cuando nos estaba advirtiendo —replicó Ana—. No pienso volver jamás a la cochera, ¿y tú, Jorge?

—Si los chicos lo hacen, yo lo haré también —respondió Jorge con terquedad, si bien no parecía desearlo mucho.

—¿Iréis a la cochera otra vez? —preguntó Jock con ansiedad—. Yo no tengo miedo. Sería toda una aventura ir y vigilar por si viene un tren fantasma.

—Creo que debemos ir —contestó Julián—. Te avisaremos para que vengas con nosotros si podemos. Pero las chicas no vendrán.

—¡Como si pudierais dejarme atrás! —protestó Jorge, enfadada—. ¿Cuándo me has visto asustada por algo? Soy tan valiente como cualquiera de vosotros.

—Ya lo sé. Y vendrás tan pronto como sepamos que se trata de un cuento estúpido —le aseguró Julián.

—Iré cuando vayáis vosotros —respondió rápidamente Jorge—. Y no te atrevas a dejarme atrás. No te volveré a dirigir la palabra si lo haces.

Jock pareció muy sorprendido por aquella repentina explosión de carácter de Jorge. No sabía lo furiosa que podía llegar a mostrarse.

—No veo por qué Jorge no va a poder ir —dijo.

Pero Julián no cambió de opinión.

—Sé muy bien lo que me digo. Y las niñas no vendrán.

Tengo buenos motivos. Si Ana no quiere venir, lo cual es lo más seguro, y permitimos a Jorge que nos acompañe, mi hermana se quedaría sola en el campamento. Y eso no le haría ninguna gracia.

—Podría quedarse con el señor Luffy —protestó Jorge, malhumorada.

—¡No seas tonta! Si se nos ocurriese confesarle al señor Luffy que pensamos explorar una cochera abandonada, vigilada por un hombre cojo y loco, que cuenta que por allí pasan trenes fantasma, podéis tener la seguridad de que nos retendría. Ya sabéis cómo son los adultos. O querría venir con nosotros, lo cual sería peor todavía.

—Sí, y no haría más que ver mariposas todo el rato, en lugar de trenes fantasma —añadió Dick con una mueca.

—Será mejor que vuelva ya a casa —dijo en aquel momento Jock—. Ha sido un día estupendo, de verdad. Iré mañana a veros. Adiós.

Se despidieron de Jock y prosiguieron su camino hacia el campamento. Fue muy agradable divisarlo de nuevo esperándoles con las dos tiendas meciéndose con la brisa.

Ana entró en su tienda para comprobar que no habían tocado nada. El interior de la tienda estaba muy caliente. Por eso decidió dejar la comida que habían traído en el exterior, debajo de un arbusto de aulaga. Allí estaría más fresca. Pronto se vio ocupada en un sinfín de pequeñas tareas.

Los chicos fueron a ver si el profesor había regresado ya, pero no lo encontraron.

–¡Ana! –gritaron–. Nos vamos al arroyo a bañarnos. ¿Quieres venir? Jorge también viene.

–No, no voy –contestó Ana–. Tengo muchas cosas que hacer.

Los chicos se hicieron muecas. Ana disfrutaba jugando a «casitas», de modo que la dejaron y fueron al arroyo. Al cabo de un rato, solo se oyeron gritos y chillidos. El agua estaba más fría de lo que esperaban y a ninguno le apetecía meterse. Pero pronto estuvieron dentro chapoteando. Las gotas, frías como el hielo, caían sobre sus cálidos cuerpos, obligándoles a gritar. *Tim* no parecía notar la baja temperatura del agua. Nadó de un lado a otro disfrutando de lo lindo.

–¡Mirad cómo se luce! –dijo Dick–. ¡Haces trampa, *Tim*! ¡Si yo me pudiese bañar con un abrigo de piel como el tuyo..., ni siquiera notaría el agua!

–¡Guau! –respondió *Tim*. Se subió a una piedra y se sacudió violentamente. Miles de gotitas plateadas fueron a salpicar a los temblorosos niños. Le persiguieron entre feroces gritos de guerra.

Fue una tarde perezosa y muy agradable. Ana había preparado entre tanto una comida sencilla. Pan con queso cremoso y un trozo de bizcocho de jengibre. Nadie se sintió capaz de comer nada más. Se echaron sobre los brezos e iniciaron una animada charla.

—Esta es la clase de vacaciones que me gustan —dijo Dick.

—Y a mí —corroboró Ana—. Excepto ese pequeño detalle de los trenes fantasma. Eso hace que se me pongan los pelos de punta.

—No seas tonta, Ana —dijo Jorge—. ¡Si no son reales! ¡Es un puro cuento! Y si son reales, mejor. Entonces será una aventura.

Se produjo un corto silencio.

—¿Iremos otra vez a la cochera? —preguntó Dick en tono adormilado.

—Creo que sí —respondió Julián—. No voy a dejarme intimidar por las fantásticas advertencias de papá Andrews.

—Entonces, voto por que vayamos allí una noche y esperemos hasta comprobar si pasa un tren fantasma —propuso Dick.

—Yo también iré —dijo Jorge.

—De ninguna manera. He dicho que te quedarás con Ana —replicó Julián.

Jorge calló. Sin embargo, todos notaron que se iba a rebelar.

–¿Se lo decimos al señor Luffy, sí o no? –preguntó de nuevo Dick.

–Habíamos quedado en que no, ¿vale? –contestó Julián, bostezando–. Bueno. Me estoy durmiendo. El sol se ha puesto y pronto será noche cerrada. Me pregunto dónde se habrá metido el señor Luffy.

–¿No sería mejor que lo esperara por si quiere algo para comer? –dijo la pequeña Ana preocupada.

–No, no vas a quedarte levantada hasta medianoche –decidió Julián–. Seguro que tiene comida en su tienda. Se las arreglará. Me voy a acostar. ¿Vienes, Dick?

Pronto estuvieron dentro de sus sacos. Las chicas se quedaron sobre los brezos un rato más, oyendo el chillido del chorlito que parecía sentirse muy solitario, volviendo a su nido en la oscuridad. Al cabo de un rato se retiraron también a su tienda.

Los chicos se metieron enseguida en sus sacos. Y una vez en ellos se sintieron más despiertos y comenzaron a hablar en voz baja.

–¿Iremos con Jock de día para echarle un nuevo vistazo a la cochera o iremos por la noche y vigilaremos por si pasa ese tren que no viene de ninguna parte? Voto por que vayamos por la noche –dijo Dick–. No lograremos ver nunca un tren fantasma de día. Sam *Pata de Palo* es un tipo interesante, en especial cuando empieza a tirar cosas. Pero no sé si le habré gustado tanto como para poder irle a visitar otra vez.

–Bueno, si Jock quiere venir mañana por la mañana para una visita de inspección, le llevaremos –respondió Julián–. De todos modos, siempre cabe la posibilidad de ir por la noche cuando se nos antoje.

–De acuerdo. Esperaremos a ver lo que dice Jock.

Hablaron un rato más, hasta que se sintieron soñolientos. Dick estaba casi dormido cuando oyó que algo venía arrastrándose por los brezos. Una cabeza se asomó por la abertura de la tienda.

–Si te atreves a entrar, te daré un buen tortazo en esa cabezota –dijo Dick, pensando que se trataba de *Tim*–. Sé muy bien lo que quieres, terrible peste. Quieres echarte encima de mí. Date la vuelta y lárgate, ¿me oyes?

La cabeza que estaba en la entrada se movió un poquito, pero no se marchó.

Dick se apoyó sobre un codo.

–Atrévete a poner una pata en la tienda y saldrás rodando por la colina –advirtió. Me gustas mucho de día, pero no quiero ni verte durante la noche, cuando estoy acostado. ¡Fuera!

La cabeza hizo un ruido singular.

De pronto habló.

–Esto... Veo que estáis despiertos. ¿Os encontráis bien? ¿Las chicas también? Acabo de regresar.

–¡Si es el señor Luffy! –exclamó Dick, horrorizado–. Perdóneme, señor. Lo siento muchísimo. Pensé que era *Tim* que venía a echarse encima de mí como suele hacer a menudo. Lo siento, señor.

–No tiene importancia –dijo la sombra, riendo entre dientes–. Me alegro de que estéis bien. Os veré mañana.

# CAPÍTULO 9

# Un visitante nocturno

Al día siguiente, el señor Luffy durmió hasta muy tarde, y nadie fue a importunarle. Las niñas casi lloraron de risa al saber lo que le había dicho Dick la noche anterior, pensando que se trataba de *Tim*.

–Se mostró muy comprensivo –dijo Dick–. Pareció encontrarlo muy divertido. Espero que esta mañana siga pensando igual.

Estaban todos sentados tomando el desayuno. Jamón, tomates y el pan que la señora Andrews les había proporcionado el día anterior.

*Tim* recolectó los trocitos de costumbre. Se preguntaba si Jorge le permitiría dar un pequeño lametón al queso cremoso con que estaba untando su pan. A *Tim* le encantaba el queso. Contempló el montón que había en el plato y volvió la cabeza hacia su ama con un suspiro. Podía zampárselo de un bocado. ¡Cómo deseaba poder hacerlo!

–Me pregunto a qué hora aparecerá Jock –comentó Jorge–. Si viniese pronto podríamos hacer una larga y agradable excursión por los páramos. Nos llevaríamos la comida y comeríamos por ahí. Jock debe de conocer buenos sitios para ir de excursión.

–Me parece muy buena idea. Prepararemos la comida mientras llega y le pediremos que sea nuestro guía y que nos lleve a hacer la mejor excursión que conozca –respondió Ana–. *¡Tim!* ¡Qué bestia! Me ha quitado mi trozo de pan con queso de la mano.

–Lo estabas moviendo debajo de su nariz –saltó Jorge–. Pensó que se lo estabas ofreciendo.

–Bueno, pues no se lo va a comer nunca más. Me gusta a mí demasiado –replicó Ana, enfadada–. Chicos, me gustaría que no comiésemos tanto. Traemos montones de comida y no nos dura nada.

–Apuesto a que Jock va a traer algo más –intervino Dick–. Es un chico sensato. ¿Os fijasteis en la enorme despensa de su madre? Parece una cueva. Tiene docenas de estantes empotrados en la piedra, todos llenos de comida. No me extraña que Jock esté tan gordito.

–¿Lo está? No me he dado cuenta –dijo Ana–. ¡Un

momento! Me parece que es él quien silba... No, no era él. Era un chorlito que volaba muy alto.

–Es demasiado temprano todavía –observó Julián–. Vamos a arreglar las cosas, mientras.

Después fueron los chicos abajo para mirar si el señor Luffy se había despertado. Encontraron al profesor ya de pie, sentado a la entrada de su tienda, desayunándose. Les ofreció un sándwich.

–¡Hola! Me he levantado tarde esta mañana. Ayer me costó volver y además estaba cansado, porque fui hasta muy lejos –dirigiéndose a Dick, añadió–: Siento haberos despertado ayer noche, Dick.

–No nos despertó, ya lo estábamos –contestó Dick, poniéndose colorado–. ¿Pasó usted un buen día, señor Luffy?

–Pues, en realidad, fue un poco decepcionante. No encontré todos los insectos que hubiera deseado. ¿Qué hicisteis vosotros? ¿Lo pasasteis bien?

–¡Estupendo! –dijo Dick.

Y se lo contó todo. El señor Luffy se interesó mucho por su relato, incluso por la amedrentadora advertencia del señor Andrews sobre la cochera.

–Qué tonto –comentó sacudiéndose las migajas–. De todos modos, estoy de acuerdo con él. Yo que vosotros, me apartaría de esa cochera. Como sabéis, los cuentos no salen de la nada. No hay humo sin fuego.

–Pero... ¿por qué, señor? Seguramente no creerá usted que hay algo fantasmagórico en esos trenes –exclamó Dick, sorprendido.

–¡Oh, no! Incluso dudo de que haya trenes de ninguna clase. Pero cuando un sitio tiene mala fama, por regla general es mejor apartarse de él.

Dick y Julián se apresuraron a cambiar de tema, temerosos de que el señor Luffy, al igual que el señor Andrews, les prohibiese acercarse a la cochera. Porque cuanto más los avisaban y más les prohibían acercarse al lugar, mayor deseo sentían de investigar lo que en él ocurría.

–Bueno, tenemos que regresar –dijo Dick al fin–. Estamos esperando a Jock, el chico de la granja, que vendrá a pasar el día con nosotros. Hemos pensado ir de excursión y llevarnos la comida. ¿Saldrá usted también, señor?

–Hoy no. Tengo las piernas cansadas y con agujetas de tanto caminar ayer. Además, quiero montar algunos de los ejemplares que encontré. Me gustaría conocer a vuestro amigo de la granja. ¿Cómo se llama? ¿Jock?

–Sí –respondió Julián–. Se lo presentaremos en cuanto

venga y después nos iremos. Así podrá trabajar en paz durante todo el día.

Pero Jock no acudió. Los chicos le esperaron toda la mañana y no llegó. Retrasaron la comida hasta que se encontraron demasiado hambrientos para resistir un segundo más. Entonces comieron, sentados sobre los brezos, delante de sus tiendas.

—¡Qué extraño! —exclamó Julián—. No puede haberse perdido. Sabe muy bien dónde está nuestro campamento porque se lo enseñamos cuando vino ayer hasta medio camino con nosotros. Quizá venga esta tarde.

Pero tampoco vino por la tarde ni después de la merienda. Discutieron si sería conveniente ir a enterarse de lo que había sucedido. Al fin Julián decidió que no. Sin duda, existía una buena razón para que Jock no viniera. Y quizás a la señora Andrews no le gustara recibir su visita dos días seguidos.

Fue un día decepcionante. No se atrevían a abandonar las tiendas, ni siquiera a dar un paseo por si se presentaba Jock.

El señor Luffy se mantuvo ocupado todo el tiempo con sus ejemplares.

Sintió mucho que Jock les hubiese fallado.

—Seguro que vendrá mañana —los consoló—. ¿Trajisteis

suficiente comida? Aquí tengo algo, en esa lata, por si acaso lo necesitáis.

–No, muchas gracias –rechazó Julián–. De verdad, tenemos más que suficiente. Vamos a jugar a las cartas, ¿quiere unirse a nosotros?

–Sí, buena idea –aceptó estirándose al levantarse–. ¿Sabéis jugar al rummy?

En efecto, conocían el juego y batieron por muchos puntos al pobre señor Luffy, que echaba la culpa de su suerte a sus malas cartas, pero que se divertía muchísimo. Les confesó que lo que le sacaba de quicio era que *Tim* estuviera todo el tiempo detrás de él echándole el aliento en el cuello.

–Estoy seguro de que *Tim* sabría jugar con mis cartas mucho mejor que yo –se quejó–. Siempre que me equivoco, me resopla sobre el cuello más fuerte de lo normal.

Todos rieron, aunque Jorge pensaba para sí que probablemente *Tim* jugaría a las cartas mucho mejor que el señor Luffy, en el caso de que le fuese posible sostenerlas.

Jock no llegó. Dejaron las cartas cuando ya oscureció demasiado para poder ver. El profesor anunció que se iba a la cama.

–Era muy tarde cuando volví anoche –exclamó–. Quiero acostarme temprano.

También los niños pensaron en irse a la cama pronto. El recuerdo de sus cómodos sacos de dormir resultaba siempre agradable cuando llegaba la noche.

Así lo hicieron. Las niñas se metieron en sus sacos y *Tim* se echó encima de Jorge. Los chicos, a su vez, se retiraron a su tienda y se introdujeron en los suyos. Dick dio un enorme bostezo.

–Buenas noches, Julián –dijo, y en el acto se quedó dormido.

Julián no tardó mucho en imitarlo. Todo el mundo reposaba ya, cuando *Tim* soltó de pronto un pequeño gruñido, tan bajo que ni siquiera las niñas alcanzaron a oírlo y, naturalmente, tampoco Dick y Julián, allá en su tienda.

*Tim* levantó la cabeza y escuchó con atención. Gruñó de nuevo. Escuchó otra vez. Por último, se levantó, se sacudió sin despertar a Jorge y salió de la tienda con las orejas erguidas y la cola hacia arriba.

Había oído algo o a alguien y, aunque su instinto le decía que no se trataba de nada peligroso, quería asegurarse.

Dick se hallaba sumido en un profundo sueño, cuando el súbito ruido de algo que se arrastraba fuera de la tienda le despertó. Se sentó al momento y miró hacia la entrada. Apareció una sombra que se asomó al interior.

¿Sería *Tim*? ¿O quizás el señor Luffy? Para no volver a cometer un error, esperó a que la sombra hablara. Sin embargo, esta permanecía en silencio e inmóvil como si aguardara algún movimiento de los ocupantes de la tienda. A Dick no le gustó aquello.

–¡*Tim*! –llamó en voz baja.

Entonces la sombra habló.

–¡Dick! ¿O eres Julián? Soy Jock. *Tim* está conmigo. ¿Puedo entrar?

–¡Caramba, Jock! –exclamó Dick, sorprendido–. ¿Cómo es que apareces a estas horas de la noche? ¿Por qué no vinisteis hoy? ¡Estuvimos toda la tarde esperándote!

–Sí, me lo imagino. Lo siento muchísimo –respondió Jock.

El muchacho entró en la tienda a gatas. Dick despertó a Julián.

–¡Julián! Aquí están Jock y *Tim*. ¡Caramba, *Tim*, quítate de encima!

–¡Lo siento mucho! –dijo Jock–. Siento muchísimo no haber podido venir hoy, pero mi padrastro me dijo de repente que me necesitaba para acompañarle durante todo el día. Todavía no puedo comprender por qué.

–Pues fue una faena, sabiendo que habías quedado en

venir de excursión con nosotros –replicó Julián–. ¿Era algo importante?

–No, no lo era –dijo Jock–. Fuimos hasta Endersfield, que está a unos sesenta kilómetros de aquí. Aparcó delante de la biblioteca pública, asegurando que volvería en unos pocos minutos. ¡Y no volvió hasta después de la hora de la merienda! Suerte que me había llevado unos sándwiches. No os podéis imaginar cómo me enfadé.

–Bueno, no te preocupes. Ven mañana y en paz –dijo Dick.

–No puedo –suspiró Jock, desesperado–. Me ha preparado un encuentro con el hijo de un amigo suyo, un chico llamado Cecil Dearlove. ¡«Querido Amor»: vaya nombrecito! Tendré que pasarme el día con esa espantosa criatura. Lo peor de todo es que mamá está encantada. En general, piensa que mi padrastro no me hace mucho caso. La verdad es que yo preferiría que siguiera como antes.

–¡Qué rabia! Así que tampoco podrás venir mañana –exclamó Julián–. Bueno, ¿y pasado mañana?

–Sería estupendo –respondió Jock–. Pero tengo el presentimiento de que tendré al querido amor de Cecil pegado a mí todo el santo día para enseñarle las vacas y los cachorros al nene mimado. ¡Uf! ¡Y pensar que, mientras, podría estar con vosotros cuatro y con *Tim*!

–Qué mala suerte –dijo Julián.

–Pensé que tenía que venir a decíroslo. No he podido escaparme hasta ahora. Os traje un poco más de comida. Me imaginé que necesitaríais. Me sentó muy mal la idea de mi padrastro... ¡Escuchad! Se me ocurre algo. ¿Por qué no vamos ahora a la cochera? Iba a pediros que me llevarais hoy.

–Bueno. Si no puedes venir mañana y a lo mejor tampoco pasado, ¿por qué no por la noche? –asintió Dick–. Pero hoy no. ¿Podrías venir mañana a esta misma hora? No se lo diremos a las niñas. Iremos nosotros tres y vigilaremos.

Jock estaba demasiado conmovido para responder una palabra. Dejó escapar un profundo suspiro de alegría.

Dick se echó a reír.

–No te emociones demasiado. Lo más probable es que no veamos nada. Trae una linterna, si la tienes. Ven a nuestra tienda y me tiras de la punta del pie. Me despertaré enseguida, pero si no lo hago, entonces despiértame del modo que puedas. Y, naturalmente, no digas una palabra a nadie.

–Claro que no –aseguró Jock, muy contento–. Bueno, supongo que será mejor que me vaya. Los páramos en la oscuridad soy muy extraños. No hay luna, y las estrellas no dan mucha luz. He dejado la comida fuera de la tienda. Es mejor que lo recojáis antes de que *Tim* se encargue de ella.

–Está bien. Muchísimas gracias –dijo Julián.

Jock salió de la tienda y Dick salió a rastras detrás de él, con *Tim* lamiéndole cortésmente la nariz todo el camino. Jock localizó la bolsa de la comida y se la entregó a Julián, que la colocó con el mayor cuidado debajo del cubresuelo de lona.

–¡Buenas noches! –se despidió Jock en voz baja.

Poco después se le oía alejarse por entre los brezos.

*Tim* le siguió, encantado con el inesperado visitante que le proporcionaba la oportunidad de un paseo nocturno. Jock se alegró de llevar al perro con él. *Tim* le acompañó hasta la granja y luego volvió saltando por los páramos hasta el campamento. Le hubiera gustado dedicarse a atrapar a los conejos que olfateaba aquí y allá, pero deseaba regresar pronto al lado de Jorge.

Por la mañana, Ana se mostró muy sorprendida al hallar la comida en la «despensa», debajo de la aulaga.

Julián la había llevado allí para darle una sorpresa.

–¡Mirad esto! –gritó, asombrada–. ¡Empanada de carne, más tomates, huevos! ¡Caramba! ¿De dónde salieron?

–El tren fantasma los trajo durante la noche –se burló Dick, haciendo una mueca.

–No. Fue el volcán que los tiró por el aire –añadió el señor Luffy, que también estaba allí.

Ana le arrojó una servilleta.

–Decidme cómo llegó esto aquí –pidió–. Estaba preocupada por si no teníamos nada para el desayuno, y ahora me encuentro con más de lo que podemos comer. ¿Quién lo puso aquí? Jorge, ¿lo sabes tú?

Jorge no lo sabía. Sin embargo, observó las caras sonrientes de los niños.

–Apuesto a que Jock estuvo aquí anoche –dijo–. ¿No es cierto?

Y para ella misma añadió: «Sí, y si como pienso han estado planeando algo juntos..., no me engañaréis, Dick y Julián. Estaré alerta desde ahora. ¡Adónde vayáis vosotros, iré yo!...».

# CAPÍTULO 10

# A la caza
# de un tren fantasma

El día transcurrió agradablemente. Los niños, *Tim,* y el señor Luffy se dirigieron a una charca que habían descubierto en lo alto de los páramos. Se llamaba Charca Verde a causa de su color verde pepino. El señor Luffy les había explicado que aquel color se debía a ciertas sustancias químicas disueltas en el agua.

–Espero que no nos volvamos verdes nosotros también –dijo Dick, mientras se ponía su bañador–. ¿Se va a bañar usted, señor Luffy?

El señor Luffy se metió en el agua. Los chicos se imaginaban que sería un mal nadador, que se limitaría a chapotear cerca de la orilla y poca cosa más. Pero, ante la sorpresa de todos, estuvo magnífico en el agua y nadaba más rápido aún que Julián.

Se divirtieron mucho. Cuando estuvieron cansados, se tumbaron en la orilla a tomar el sol. La carretera corría junto a la charca y los niños vieron pasar un rebaño de ovejas. Después aparecieron un coche o dos y, por último, un enorme camión. Un muchacho, sentado al lado del conductor, los saludó.

–¿Quién era? –dijo Julián, sorprendido.

Sin embargo, los agudos ojos de Jorge habían visto de quién se trataba.

–¡Era Jock! Iba sentado al lado del conductor. Y, mirad, ahí llega el coche nuevo de su padrastro. Sin duda, Jock ha preferido ir con el conductor del camión en vez de con su padrastro. No me extraña.

El reluciente coche nuevo pasó conducido por el mismo señor Andrews. No vio al grupo que se hallaba al lado de la carretera y continuó su camino detrás del camión.

–Van al mercado, supongo –comentó Dick, echándose otra vez–. Me pregunto qué llevarán.

–También me lo pregunto yo –dijo el señor Luffy–. Deben vender los productos de la granja a precios muy altos para poder comprar ese coche tan bonito, la maquinaria y todas las cosas de las que me habéis hablado. Debe de ser un individuo muy listo, ese señor Andrews.

–Pues a mí no me lo parece –replicó Ana–. Más bien parece un hombre débil y poco espabilado. De verdad, señor Luffy. No puedo imaginármelo bastante listo como para hacer buenos negocios.

–Muy interesante –dijo el señor Luffy–. Bien, ¿qué os parece otro baño antes de la comida?

Hacía un día precioso y el señor Luffy era un buen compañero. Podía contar los chistes más divertidos en el tono más solemne, y solo el hecho de que su oreja se agitase con fuerza demostraba a los otros que él también disfrutaba con las bromas. A su oreja derecha parecían gustarle los chistes, aun cuando la cara del señor Luffy continuaba tan seria como la de *Tim*.

Llegaron al campamento hacia la hora del te y Ana preparó una merienda deliciosa. La tomaron delante de la tienda del profesor.

Tan pronto como oscureció, Julián y Dick comenzaron a ponerse nerviosos. Durante el día, ni uno ni otro creían una palabra sobre aquella historia de los trenes fantasma, pero cuando el sol se escondió y grandes sombras cubrían las colinas, un agradable estremecimiento se apoderó de ellos. ¿Verían algo emocionante aquella noche?

Al principio reinaba gran oscuridad, porque había

nubes en el cielo que ocultaban las estrellas. Los chicos desearon buenas noches a las niñas y se deslizaron en sus sacos de dormir. Observaron con ansiedad el cielo a través de la abertura de la tienda. Poco a poco, las nubes se fueron desvaneciendo. Algunas estrellas empezaron a brillar. Las nubes se desparramaron más aún y se deshicieron en bandas. Pronto todo el cielo relucía con puntitos de luz y cien mil estrellas vigilaban los páramos.

–Tendremos un poco de luz –murmuró Julián–. Menos mal. No me apetece nada tropezar con los brezos y romperme un tobillo en las madrigueras de conejos, ni quiero utilizar la linterna por el camino a la cochera, por si acaso la ve alguien.

–¡Esto va a ser divertido! –contestó Dick en un susurro–. Espero que venga Jock, si no no será lo mismo.

De pronto se oyó algo que se arrastraba por entre los brezos y una sombra apareció otra vez en la abertura de la tienda.

–¡Julián! ¡Dick! ¡Ya estoy aquí! ¿Estáis preparados?

Era la voz de Jock, naturalmente. El pulgar de Dick pulsó el botón de la linterna y por un momento la luz iluminó la cara roja y emocionada de Jock. Entonces la apagó.

–¡Hola, Jock! Veo que al fin has podido venir –dijo

Dick–. ¿Eras tú el que esta mañana ibas en el camión, cerca de la Charca Verde?

–¿Me habéis visto? Os he gritado como un loco –respondió Jock–. Yo quería bajarme del camión y hablar con vosotros, pero el conductor tiene muy mal genio. No quería ni oír hablar de pararse. Aseguró que mi padrastro se pondría furioso con él si lo hacía. ¿Visteis a mi padrastro? Supongo que sí. Iba en el coche de detrás.

–¿Ibais al mercado? –preguntó Julián.

–Pues supongo que el camión, sí, aunque no lo sé seguro. Iba vacío, así que seguramente mi padrastro necesitaba recoger algo. Volví en el coche. El camión debió de regresar más tarde.

–¿Qué te pareció Cecil Dearlove? –preguntó Dick.

–¡Espantoso! Todavía peor que su nombre –gruñó Jock–. ¡Quiso jugar a los soldados todo el rato! Lo más horrible de todo es que mañana tendré que estar con él todo el día en la granja. Otro día perdido. ¿Qué voy a hacer con él?

–Enciérralo en la pocilga –sugirió Dick–. O déjalo con los cachorros de *Biddy* para que duerma. También puede jugar a los soldados con ellos.

Jock rio entre dientes.

–Me gustaría poder hacerlo. Lo peor de todo es que

mamá está encantada de que mi padrastro haya encontrado a ese Cecil Dearlove para que sea mi amigo. No hablemos más de ello. ¿Estáis preparados para salir?

—Sí —dijo Julián, y empezó a salir con sigilo de su saco de dormir.

—No hemos dicho nada a las chicas. Ana no quiere venir y prefiero que Jorge no la deje sola. Ahora será mejor que no hagamos ningún ruido hasta que estemos bastante lejos para que se nos pueda oír.

Dick salió también de su saco. Los niños no se habían quitado la ropa aquella noche, a excepción de sus chaquetas. Así, solo que tuvieron que ponérselas y salir fuera de la tienda.

—¿Cuál es el camino? ¿Por aquí? —susurró Jock.

Julián lo tomó por el brazo y lo guio. Esperaba no perder el camino, escasamente iluminado por la luz de las estrellas. ¡Los páramos parecían tan diferentes de noche!

—Si nos dirigimos hacia aquella colina que se destaca contra el cielo estaremos yendo en la dirección correcta —dijo.

La cochera de tren parecía hallarse mucho más lejos de noche que de día. Los tres muchachos iban a trompicones y a veces casi cayéndose, cuando tropezaban con las matas de brezo. Se alegraron cuando encontraron una especie de sendero por donde resultaba más fácil caminar.

—Aquí es donde encontramos al pastor —dijo Dick en voz baja. No sabía por qué hablaba tan bajo. Le parecía lo más prudente—. No debemos estar ya muy lejos.

Prosiguieron el camino por algún tiempo, hasta que, de pronto, Julián tocó a Dick en el hombro.

—Mira allí abajo. Creo que es la cochera. Veo como brillan las vías.

Habían llegado a la ladera salpicada de brezos que se alzaba sobre la cochera. Abrieron mucho los ojos. Pronto pudieron despejarse y distinguir los objetos. Sí. Era la vieja cochera de tren.

Jock agarró a Julián por la manga.

—¡Mira, hay una luz! ¿La ves?

Los muchachos miraron hacia allí. En efecto, abajo, al otro lado, brillaba una lucecita amarilla. La contemplaron absortos.

—Creo que ya sé lo que es —exclamó Dick, al fin—. Es la luz de la cabaña del vigilante, del viejo Sam *Pata de Palo*. ¿No crees, Julián?

—Sí, tienes razón —asintió Julián—. Ya sé lo que haremos: bajaremos a la cochera, y luego nos acercaremos a la cabaña, echaremos una ojeada para ver si el viejo Sam está allí. Entonces nos esconderemos y esperaremos a que aparezca el tren fantasma.

Se arrastraron por la ladera. Sus ojos ya se habían acostumbrado a la escasa luz de las estrellas y empezaban a ver bastante bien. Llegaron a las vías, donde no pudieron evitar que sus pies hicieran ruido. Se detuvieron.

–Alguien puede oírnos si hacemos tanto ruido –susurró Julián.

–¿Quién? –contestó, también en un murmullo, Dick–. Aquí no hay nadie, excepto Sam, que está en la cabaña.

–¿Y cómo sabes que está? –dijo Julián–. ¡Jock, por favor, no hagas tanto ruido con los pies!

Permanecieron allí un rato, discutiendo qué era lo mejor que podían hacer.

–Será mejor que lleguemos a la cabaña dando un rodeo por fuera –determinó Julián–. Que yo recuerde, hay mucha hierba por allí.

No se equivocaba. Había hierba y pudieron caminar por ella sin hacer el menor ruido. Avanzaron con lento y silencioso paso en dirección a la luz que brillaba en la cabaña de Sam.

La ventana estaba abierta y era pequeña. Quedaba

justo al nivel de sus cabezas y los chicos se asomaron con precaución para echar un vistazo al interior.

Sam *Pata de Palo* estaba recostado en una silla, fumando una pipa. Leía un periódico, fijando la vista con esfuerzo. Seguramente aún no tenía arregladas sus gafas rotas. A su lado, en una silla, estaba su pierna de madera. Se la había quitado para descansar.

—No debe de esperar ningún tren fantasma esta noche, o no se habría quitado la pierna de madera —murmuró Dick.

La luz de la lamparilla tembló y las sombras asaltaron la pequeña cabaña. Era un sitio pobre, mal amueblado, pequeño y sucio. Sobre una mesa había una taza sin asa ni plato, y un cacharro de latón hervía sobre un hornillo oxidado.

Sam dejó el periódico y se frotó los ojos. Murmuró algo. Los muchachos no pudieron oírlo, pero estaban seguros de que se refería a sus gafas rotas.

—Hay muchas vías aquí —murmuró Jock, cansado de observar al viejo Sam—. ¿Adónde conducirán?

—A un kilómetro hay un túnel —respondió Julián, señalando detrás de Jock—. Las vías vienen de esa dirección. A partir de aquí se dividen en varios ramales. Este sitio debió de ser muy frecuentado en otra época, supongo.

–Vayamos por las vías hasta el túnel –propuso Jock–. Venid. No hay nada digno de verse por aquí. Vayamos hacia el túnel.

–Bueno –asintió Julián–. Será lo mejor. Aunque imagino que tampoco descubriremos gran cosa por ahí. Creo que esos trenes fantasma no son más que cuentos del viejo Sam.

Abandonaron la pequeña cabaña iluminada por la titilante luz y volvieron a su punto de partida, rodeando la cochera. Después siguieron la única vía que se apartaba de la cochera y se dirigía hacia el túnel. Ahora no se preocuparon en absoluto por el ruido. Caminaron a lo largo de la vía, charlando en voz baja.

¡Y, de repente, empezaron a suceder cosas! Un lejano rugido amortiguado brotó del interior del túnel, tan cerca ya de los muchachos que estos podían vislumbrar su negra boca. Julián lo oyó primero. Se quedó callado un momento y luego cuchicheó:

–¡Escuchad! ¿Podéis oír eso?

–Sí –respondió Dick–. Pero solo es un tren que pasa por uno de los túneles subterráneos. El ruido se va alejando de aquí.

–No, no se aleja. Es un tren que se acerca por este túnel –dijo Julián.

El ruido aumentó más y más, acompañado por un traqueteo que iba aumentando de volumen. Los chicos se apartaron a toda prisa de las vías y se echaron a un lado, esperando anhelantes. Apenas se atrevían a respirar.

¿Podría tratarse del tren fantasma? Miraron hacia la boca del túnel por si veían alguna luz. No se veía nada. ¡Aquello estaba más oscuro que la noche! Sin embargo, el ruido estaba cada vez más cerca, más cerca, más cerca... Pero ¿acaso podía producirse el ruido de un tren sin tren? El corazón de Julián comenzó a latir más rápido, y Dick y Jock se encontraron de pronto agarrados el uno al otro sin darse cuenta.

El ruido aumentó mil veces su volumen. De repente surgió del túnel algo negro y largo, con un ligero resplandor moderado en la parte delantera. Pasó como un relámpago frente a ellos, haciendo temblar el suelo, y luego se desvaneció en las tinieblas. El ruido ensordeció por un momento a los muchachos. Después los chirridos y el traqueteo fueron decreciendo hasta desaparecer como el tren o lo que fuera. Reinaba ahora un extraño silencio.

–Bueno, ahí lo tenéis –dijo Julián, con voz temblorosa–. El tren fantasma, sin luces ni señales. ¿Adónde irá? Quizás a la cochera, ¿no creéis?

–¿Qué te parece si vamos a mirarlo? –preguntó Dick–. No vi a nadie en la cabina. Pero ¡alguien tenía que conducirlo! ¡Qué cosa tan rara! ¿Verdad? Aunque sonaba bastante real.

–Vayamos a la cochera –dijo Jock, que parecía el menos afectado de los tres–. Venid.

Hicieron el recorrido muy despacio. De repente Dick dejó escapar un agudo grito.

–¡Ay! Me he torcido un pie. Esperad un momento.

Se dejó caer al suelo con un fuerte dolor. Solo era una torcedura, por fortuna, y no afectaba para nada a los ligamentos. Pero durante algunos minutos, Dick no pudo hacer otra cosa que gemir. Los otros no se atrevieron a abandonarle. Julián se arrodilló a su lado, ofreciéndose a frotarle el tobillo pero Dick no quiso. Jock no lograba reprimir su ansiedad.

Pasaron unos veinte minutos antes de que Dick pudiera volver a apoyar el pie. Con la ayuda de los otros dos consiguió al fin levantarse y probar el tobillo.

–Creo que ya estoy bien. Puedo andar, aunque despacio. Continuemos hacia la cochera a ver si nos enteramos de una vez de lo que está sucediendo.

Iniciaban ya la marcha cuando los detuvo en seco un ruido que se acercaba por las vías, procedente de la cochera. Era algo que rugía, rugía, rugía... con discordantes chirridos.

–¡Vuelve! –musitó Julián–. No habléis. Limitaos a mirar. Parece que se dirige al mismo túnel.

Se quedaron quietos mientras el sonido se acercaba y se multiplicaba. Vislumbraron un resplandor y luego el tren pasó de largo y desapareció en la oscuridad de la boca del túnel. El eco de sus rugidos persistió aún por algún tiempo.

–Bueno... Hay un tren fantasma –dijo Julián, intentando en vano sonreír, pues se sentía bastante asustado–. Vino y se marchó. De dónde y adónde, nadie lo sabe. Sin embargo, lo hemos oído y visto en plena noche. Ha sido escalofriante.

# CAPÍTULO 11

# Algo más sobre Jock

Los tres muchachos permanecieron juntos en silencio, contentos de sentirse cerca en la oscuridad. No podían creer que hubieran visto aquello que habían supuesto producto de la imaginación de Sam. ¿Qué clase de tren era aquel que salía rugiendo del túnel de un modo tan misterioso y, después de una parada en la cochera, volvía del mismo modo misterioso?

–Si no me hubiera torcido el tobillo, podríamos haberlo seguido hasta la cochera y lo habríamos examinado de cerca –gruñó Dick al fin–. ¡Qué idiota, mira que fastidiarme el pie en el momento más emocionante!

–No pudiste remediarlo –lo consoló Jock–. El caso es que hemos visto un tren fantasma. Casi no puedo creerlo. ¿Será posible que vaya solo, sin nadie que lo conduzca? ¿Será un tren de verdad?

–A juzgar por el ruido que hacía, no cabe duda de que es real –replicó Julián–. Y también echaba humo. Es muy extraño. No me gusta nada.

–Bien. Vayamos a ver lo que le ha sucedido a Sam *Pata de Palo* –dijo Dick–. Apuesto a que estará debajo de la cama.

Fueron andando despacio hasta la cochera. Dick cojeaba un poco, aunque su tobillo estaba prácticamente en perfectas condiciones otra vez.

Cuando llegaron, miraron hacia la cabaña de Sam. No se veía ninguna luz.

–Ha apagado la luz y se ha metido debajo de la cama –dijo Dick–. ¡Pobre Sam! No me extraña que esté aterrorizado. Echemos una ojeada a la cabaña.

Se acercaron e intentaron ver el interior desde la ventana. No había nada que ver. La cabaña se hallaba en la más completa oscuridad.

De repente, una pequeña chispa se encendió en algún lugar, cerca del suelo.

–¡Mirad! ¡Allí está Sam! Está encendiendo una cerilla –murmuró Julián–. ¡Está saliendo de debajo de la cama! Parece muy asustado. Golpeemos en la ventana y preguntémosle si se encuentra bien.

¡Buena la liaron! Tan pronto como Julián llamó vigorosamente con los nudillos en la ventana, Sam *Pata de Palo* profirió un angustiado chillido y se metió a toda velocidad debajo de la cama, apagando otra vez su temblorosa cerilla.

–¡Vienen a por mí! –le oyeron gritar–. ¡Vienen a por mí! Y yo sin mi pierna de madera.

–Solo conseguiremos asustar al pobre viejo –dijo Dick dirigiéndose a Julián–. Será mejor que lo dejemos. Le dará un ataque si volvemos a golpear en la ventana. ¡Piensa que los trenes fantasma van a por él de verdad!

Dieron unas cuantas vueltas alrededor de la oscura cochera, pero no encontraron nada en la oscuridad. Ningún ruido más llegó a sus oídos. Obviamente el tren fantasma no volvería aquella noche.

–Regresemos –resolvió Julián–. ¡Caramba, ha sido superemocionante! Sinceramente, se me pusieron los pelos de punta cuando el tren salió soplando del túnel. ¿De dónde vendrá? ¿Y por qué?

No pensaron más en ello y emprendieron el camino de regreso.

Se arrastraron por los brezos, muertos de cansancio, pero muy emocionados.

–¿Les diremos a las niñas que hemos visto el tren? –preguntó Dick.

—No —respondió Julián—. Solo lograríamos asustar a Ana, y Jorge se pondría furiosa al enterarse de que nos hemos ido sin ella. Esperaremos y trataremos de descubrir algo más antes de decirlo a nadie, sea a las niñas o al señor Luffy.

—Bien —dijo Dick—. ¿Serás capaz de contener la lengua, Jock?

—Naturalmente —contestó Jock en tono ofendido—. ¿A quién iba a decírselo? ¿A mi padrastro? ¡Pues no se pondría poco furioso si supiera que nos hemos reído de todas sus advertencias y hemos ido a ver el tren fantasma!

De repente, sintió algo cálido entre las piernas y no pudo contener un grito.

—¡Oh! ¿Qué es esto? ¡Vete de aquí!

Luego se echó a reír al descubrir que se trataba de *Tim,* que había salido al encuentro de los tres muchachos.

Se apretó contra cada uno de ellos y emitió ligeros gruñidos de protesta.

—Está diciendo: «¿Por qué no me llevasteis con vosotros?» —explicó Dick—. Lo siento, amigo, pero no podíamos. ¡Jorge no nos habría vuelto a dirigir la palabra si te hubiéramos llevado a ti, dejándola a ella! Además, ¿crees que te habrían gustado los trenes fantasma, *Tim*? ¿No habrías corrido a esconderte?

–Guau –fue la despectiva respuesta de *Tim*. ¡Como si él se asustase de nada!

Una vez en el campamento se despidieron en susurros.

–Adiós, Jock. No dejes de venir mañana, si puedes. ¡Esperamos que no te obliguen a cargar otra vez con Cecil!

–Adiós. Hasta pronto –susurró Jock.

Y desapareció en la oscuridad con *Tim* a sus talones. ¡Estupendo!, pensó *Tim*. Otra oportunidad de un paseo nocturno. Precisamente lo que estaba deseando. Hacía calor en la tienda y una escapada al aire fresco de la noche era muy agradable.

*Tim* gruñó con suavidad cuando se hallaban ya muy próximos a la granja Olly. Luego calló, con los pelos del cuello ligeramente erizados.

Jock apoyó la mano sobre la cabeza del perro y se detuvo al instante.

–¿Qué ocurre, chico? ¿Ladrones o qué?

Fijó sus ojos en la oscuridad.

Grandes nubarrones cubrían ahora las estrellas y reinaban unas profundas tinieblas. Jock distinguió una luz atenuada en uno de los graneros.

Decidió echar una mirada por allí para ver de qué se trataba. El ruido que salía del interior se extinguió en cuanto él se hubo acercado, sustituido por el sonido de unos pasos, el cierre silencioso de la puerta del granero y el clic de un candado al ser cerrado.

Jock intentó aproximarse más y más... Fue demasiado. Quienquiera que fuese el que merodeaba por allí debió de percatarse de su presencia, porque dio la vuelta y, girando con violencia el brazo, asió a Jock por el hombro. El muchacho se balanceó bruscamente. Casi cayó, pero el hombre que lo había atrapado lo sujetó con firmeza. La luz de una linterna se encendió enfocando su rostro. Quedó cegado por el súbito resplandor.

–¡Eres tú, Jock! –exclamó una voz asombrada, ronca e impaciente–. ¿Qué haces por aquí a estas horas de la noche?

–Bueno, ¿y qué es lo que haces tú? –preguntó Jock liberándose.

Encendió su propia linterna y dejó que su luz cayera sobre el hombre que lo había atrapado. Era Peters, uno de los empleados de la granja, aquel en cuyo camión había ido aquel día.

–¿Que qué hago yo? –respondió Peters, enfadado–. Tuve un pinchazo y acabo de llegar. Pero... ¡si estás completamente vestido! ¿Qué has estado haciendo a estas horas de la noche? ¿Me oíste llegar y te levantaste para ver lo que ocurría?

–No lo sabrás nunca –dijo Jock, con todo descaro. Cualquier cosa que dijera podría hacer sospechar a Peters–. No vas a sacarme ni una palabra.

–¿Es *Biddy*? –preguntó Peters, viendo escabullirse una sombra negra–. ¿Has estado fuera con *Biddy*? ¡A saber qué diablura habrás hecho a estas horas de la noche!

Jock agradeció que Peters no se hubiese dado cuenta de que era *Tim* y no *Biddy*. Se marchó sin decir nada más. ¡Que Peters pensara lo que quisiese! ¡Caramba! ¡Vaya una mala suerte que Peters hubiese tenido un pinchazo y hubiese regresado tarde! Si el hombre le contaba a su padrastro que lo había visto completamente vestido a medianoche, habría preguntas por parte de su padrastro y de su madre. Jock era un muchacho sincero, y le sería difícil explicar sus andanzas.

Echó a correr hacia la casa, trepó por el peral que había al pie de su ventana y entró en su habitación procurando no hacer ruido. Abrió la puerta con suavidad para comprobar si alguien de la casa se había despertado. Todo estaba oscuro y silencioso.

«¡Ese estúpido de Peters! –pensó–. Si se le ocurre decir algo, ¡estoy perdido!».

Se metió en la cama, recapacitando unos momentos sobre los curiosos acontecimientos de aquella noche. Al fin cayó en un sueño agitado, en el que trenes fantasma, Peters y *Tim* hacían las cosas más extraordinarias. Se sintió contento al despertarse en la luminosa y soleada mañana y encontrar a su madre sacudiéndole.

–¿Es que no piensas levantarte, Jock? Ya es muy tarde. ¿Qué es lo que te pasa, para tener tanto sueño? ¡Ya estamos a medio desayuno!

Según las apariencias, Peters no se había molestado en referirle a su padrastro que lo vio por la noche. Jock le estaba muy agradecido.

Empezó a planear cómo podría reunirse con sus amigos en el campamento. ¡Les llevaría comida! Esto constituiría una buena excusa.

–Mamá, ¿puedo llevar un cesto de cosas a los del campamento? –dijo después del desayuno–. Deben de andar muy justos.

–Bueno... El chico ese está al llegar –respondió su madre–. ¿Cómo se llama? Cecil o algo así, ¿no? Tu padrastro dice que es un muchacho muy agradable. Te divertiste con él ayer. ¿No es cierto?

Jock hubiera podido decir una serie de cosas desagradables sobre el querido Cecil si su padrastro no se hubiera hallado presente, sentado cerca de la ventana y ocupado en leer el periódico. Pero como era así, levantó los hombros y puso una cara de circunstancias esperando que su madre comprendiese sus sentimientos.

Ella pareció entenderle.

–¿A qué hora tiene que llegar Cecil? –preguntó–. Quizá te dé tiempo de acercarte al campamento con un cesto de comida.

–De ninguna manera. No quiero que ande correteando por ahí –protestó el señor Andrews, interviniendo de repente en la conversación y dejando el periódico–. Cecil puede presentarse de un momento a otro. Y ya conozco a Jock. Se pondría a hablar con esos niños y se olvidaría de todo. El padre de Cecil es un gran amigo mío y Jock tiene que mostrarse educado con él y estar aquí cuando llegue para recibirlo. Hoy no puede ir a ese campamento.

Jock se enfurruñó. ¿Por qué su padrastro tenía que interferir en sus planes de ese modo? ¡Llevándole a la ciudad, imponiéndole a Cecil como amigo! ¡Precisamente cuando otros niños habían entrado en su solitaria vida y la habían animado! Era desesperante.

–A lo mejor me da tiempo a mí de ir al campamento con algo de comida –dijo su madre, consolándole–. O quizás a los mismos chicos se les ocurra venir aquí a buscarla.

Jock seguía enfurruñado. Salió al cobertizo en busca

de *Biddy*. La encontró con sus cachorros, que ya intentaban arrastrarse detrás de ella, alrededor del cobertizo. Jock confió en que los del campamento hicieran su aparición en la granja en busca de comida. Así, por lo menos, podría intercambiar unas palabras con ellos.

Cecil llegó en coche. Tenía la misma edad que Jock, más o menos, aunque era muy bajo para sus doce años. Llevaba los cabellos rizados y un poco largos y la ropa limpia y bien planchada.

–Hola –saludó a Jock–. Ya estoy aquí. ¿A qué vamos a jugar? ¿A soldados?

–No. A gladiadores –respondió Jock, que había recordado de repente su viejo disfraz de gladiador. Se fue sonriendo hacia dentro para cambiarse.

Cecil quedó horrorizado cuando, al volver una esquina, una terrorífica figura salió de detrás de una pared y, entre terribles gritos, se abalanzó sobre él, agitando lo que parecía un cuchillo peligroso.

Cecil se dio la vuelta y huyó, sin cesar de dar voces. Jock lo persiguió saltando locamente mientras aullaba con todas sus fuerzas. Se lo estaba pasando en grande. Él había aceptado jugar a los soldados el día anterior con Cecil. No veía por qué Cecil se iba a negar a jugar hoy con él a gladiadores.

Precisamente en aquel momento llegaban los cuatro del campamento para buscar comida, con *Tim* trotando a su lado.

Se detuvieron perplejos ante el espectáculo que presentaban Cecil corriendo, mientras aullaba de espanto, y un gladiador saltando ferozmente tras él.

Jock los vio. Bailoteó una cómica danza guerrera alrededor de ellos, ante la estupefacción de *Tim*, profirió unos cuantos gritos dramáticos, pretendió cortar la cola de *Tim* y luego corrió a toda velocidad en persecución de Cecil, que había desaparecido.

Los niños estallaron en ruidosas carcajadas.

—Chicos, no puedo más —dijo Ana, con lágrimas en los ojos a causa de la risa—. Ese debe de ser Cecil. Supongo que es la venganza de Jock por haberle hecho jugar a los soldados. Mirad, ahora van alrededor de la pocilga. ¡Pobre Cecil! Debe de temer que le vaya a cortar de verdad el cuello.

Cecil desapareció en la cocina de la granja sollozando, y la señora Andrews corrió a consolarle. Jock regresó junto a sus amigos, sonriendo.

—Hola —dijo—. Acabo de pasar un rato formidable con mi querido amigo Cecil. Estoy muy contento de veros. Yo quería ir al campamento, pero mi padrastro me lo prohibió. Dijo que tenía que jugar con Cecil. ¿No es espantoso?

—Horrible —afirmaron todos.

—Oye, ¿no crees que se pondrá furiosa tu madre por haber aterrorizado a Cecil de este modo? Quizá sería mejor esperar un poco antes de pedirle la comida.

—Sí, será mejor que aguardéis hasta que se calme —dijo Jock, conduciéndolos al lado soleado del pajar donde habían descansado dos días antes—. Hola, *Tim*. ¿Volviste bien anoche?

Jock se había olvidado por completo de que las niñas no sabían nada de los acontecimientos de la noche anterior. Ambas se pusieron en alerta.

Julián frunció el ceño y Dick asestó a Jock un codazo a escondidas.

—¿Qué pasa? —exclamó Jorge, viendo toda aquella comedia—. ¿Qué sucedió anoche?

—Pues... me acerqué para tener una pequeña charla nocturna con los chicos, y *Tim* me acompañó a la vuelta —respondió Jock, fingiendo despreocupación—. Espero que no te importe, Jorge.

—Me estáis escondiendo algo —dijo roja de cólera a los muchachos—. ¡Sí, claro que sí! Estoy segura de que anoche fuisteis a la cochera del tren. ¿No es cierto?

Hubo un silencio embarazoso. Julián lanzó una mirada molesta al pobre Jock, quien hubiera deseado fundirse.

–¡Venga, decídmelo! –persistió Jorge, con un enfurecido ceño en su rostro–. ¡Estúpidos! ¡Fuisteis! ¡Y no me despertasteis para llevarme con vosotros! ¡Sois unos miserables!

–¿Descubristeis algo? –preguntó Ana, mirando alternativamente a uno y a otro.

Ambas niñas presentían que aquella noche había ocurrido algo muy especial.

–Bueno... –empezó Julián.

Y entonces hubo una interrupción. Cecil apareció en el pajar con los ojos enrojecidos por el llanto. Lanzó una mirada de indignación sobre Jock.

–Tu madre pregunta por ti –dijo–. Dice que vayas al momento. Eres un bárbaro y me quiero ir a mi casa. ¿No oyes a tu padre gritándote? ¡Ha cogido un bastón, pero no lo siento ni una pizca! Espero que te pegue bien fuerte por haberme asustado de esa manera.

# CAPÍTULO 12

# Jorge se enfada

Jock le hizo una mueca a Cecil y se levantó. Muy despacio, se alejó del pajar. Los otros permanecieron en silencio, temerosos de oír golpes y gritos. No se oyó nada.

–Me ha asustado mucho –dijo Cecil, sentándose con los otros.

–¡Pobre nenito! –respondió Dick al momento en tono zumbón.

–¡El bebito! –añadió Jorge.

–¡El niño de su mamá! –recalcó Julián.

Cecil les lanzó una indignada mirada. Se levantó otra vez muy sonrojado.

–Si no fuera por educación, os abofetearía –dijo.

Y se marchó apresuradamente antes de que lo abofetearan a él.

Los cuatro continuaron silenciosos. Lo sentían por Jock. Además, Jorge estaba enfadada y malhumorada, porque sabía que los chicos habían salido sin ella la noche anterior. Ana estaba preocupada.

Estuvieron sentados durante diez minutos. Al fin la madre de Jock se acercó. Parecía angustiada. Llevaba un enorme cesto de comida.

Los niños se levantaron cortésmente.

–Buenos días, señora Andrews –saludó Julián.

–Siento no poder invitaros a que os quedéis hoy –les confió la señora Andrews–. Jock se ha portado como un tonto. No he dejado que mi marido le pegara. Con eso no conseguiría sino que Jock le odiase y eso empeoraría las cosas. Así que lo mandé a la cama castigado para todo el día. Lo siento, pero no podéis verlo. Aquí hay comida para que os la llevéis. Cuánto lo siento. No puedo imaginar qué le pudo pasar a Jock para que se comportase de este modo. Él no es así.

La cara de Cecil apareció por el pajar mirando con aire satisfecho. Se le había pasado ya el sofoco.

Julián hizo una mueca.

–¿Qué os parece si nos llevamos a Cecil con nosotros para dar una vuelta por los páramos? –dijo–. Podemos subir por las colinas, saltar sobre los arroyos y arrastrarnos por los brezos. Sería un día estupendo para él. Un día inolvidable.

La cara de Cecil desapareció en el acto.

–Me parece una excelente idea –exclamó la señora Andrews–. Sois muy amables de ofreceros a cuidar de él. Ahora que Jock está castigado todo el día, no hay nadie para jugar con Cecil. Sin embargo, debéis recordar que es un niño que no se ha separado nunca de las faldas de su madre. Tenéis que ir con mucho cuidado con él. ¡Cecil! ¡Cecil, ven y hazte amigo de estos niños!

Pero Cecil había desaparecido. No respondió a sus llamadas. No tenía la menor intención de hacerse amigo de «esos niños». Él sabía mejor que la señora Andrews lo que eran. Cuando se dirigía en su busca, se había esfumado por completo.

Los cuatro niños no quedaron demasiado sorprendidos. Julián, Dick y Ana se hicieron muecas el uno al otro. Jorge se mantuvo de espaldas a ellos, todavía enfadada. La señora Andrews regresó a su lado casi sin aliento.

–No puedo encontrarlo –les comunicó–. Nunca lo hubiera dicho. En fin, ya le encontraré algo para que se entretenga cuando vuelva a aparecer.

–Sí, algún libro para pintar con ceras, o un puzzle bonito y bien fácil –dijo Julián, cortés.

Los otros prorrumpieron en una risita ahogada. Una sonrisa apareció en la cara de la señora Andrews.

–¡Qué traviesos sois! –comentó–. ¡Pobre Jock! En fin, él se lo ha buscado. Tengo que continuar con mi trabajo.

Corrió hacia la lechería. Los niños echaron una ojeada hacia la casa desde el pajar. El señor Andrews montaba en aquel momento en su coche. Al parecer, se disponía a marchar. Esperaron unos minutos hasta que oyeron el motor del coche en el camino de carro, lleno de baches.

–Ese es el dormitorio de Jock, ahí donde está el peral –dijo Julián–. Charlemos con él antes de irnos. Es una vergüenza lo que le han hecho.

Pasaron junto al almacén de la granja y se detuvieron debajo del peral, todos excepto Jorge, que permaneció detrás del pajar junto a la comida, con el ceño fruncido. Julián gritó hacia la ventana:

–¡Jock!

Una cabeza se asomó de inmediato.

–Hola. Es terrible estar encerrado aquí arriba con el día que hace. ¿Dónde está Cecil?

–No lo sé. Lo más probable es que se haya escondido en el rincón más oscuro del granero –respondió Julián–. Jock, si las cosas te van mal durante el día, sube al campamento por la noche. Iremos a ver lo que tú ya sabes.

–Bien. ¿Dónde está Jorge? –preguntó Jock.

–Haciéndose la enfadada detrás del pajar –contestó Dick–. Nos espera un día espantoso con ella. Descubriste el pastel, *dota*.

–Sí, soy un imbécil y un *dota* –dijo Jock, contrito, y Ana rio entre dientes–. Mirad, ahí está Cecil. Deberíais decirle que tuviera cuidado con el toro. ¿Lo haréis?

–¿Hay un toro? –exclamó Ana, alarmada.

–No. No te preocupes. Pero no hay razón para no meterle un buen susto –dijo con una mueca–. Así que... ¡que tengáis un buen día!

Los tres le dejaron y se dirigieron hacia Cecil, que acababa de salir de un pequeño y oscuro cobertizo. Puso una cara un poco rara y se apresuró a correr a la lechería, en cuyo interior estaba ocupada la señora Andrews.

Julián, de repente, cuchicheó algo al oído de Dick y señaló detrás de Cecil.

–¡El toro! ¡Cuidado con el toro! –gritó.

Ana soltó un chillido de espanto. Todo sonaba tan real que, a pesar de que sabía que se trataba de una broma, no pudo evitar asustarse.

–¡El toro! –gritó también.

Cecil se puso verde. Sus piernas vacilaron.

–¿D... d... d... dónde está? –tartamudeó.

—¡Cuidado! ¡Detrás de ti! —señaló Julián.

¡Pobre Cecil! Convencido de que un enorme toro estaba a punto de agarrarle por detrás, lanzó un angustioso grito y corrió precipitadamente con sus temblequeantes piernas hacia la lechería.

Se arrojó contra la señora Andrews.

—¡Sálveme! ¡Sálveme! ¡Que me coge el toro!

—Pero si aquí no hay ningún toro —exclamó la señora Andrews, sorprendida—. ¡De verdad, Cecil! ¿No sería un cerdo lo que corría detrás de ti o algo parecido?

Riendo sin poder parar, los tres niños regresaron al lado de Jorge. Trataron de explicarle lo del toro imaginario. Pero ella dio la vuelta y no quiso escucharlos. Julián se encogió de hombros. ¡Era mejor dejar a Jorge sola cuando cogía una de sus rabietas! No solía ponerse de mal humor con demasiada frecuencia, pero, cuando le ocurría, resultaba insoportable.

Volvieron al campamento con el cesto de comida. *Tim* les seguía cabizbajo. Sabía que a su ama le ocurría algo. Llevaba el rabo entre piernas y parecía muy desdichado. Jorge ni siquiera lo había acariciado.

Una vez junto a las tiendas, Jorge estalló:

—¿Cómo os atrevisteis a marcharos sin mí, cuando os dije que pensaba acompañaros? ¡No tuvisteis inconveniente en invitar a Jock y no me dejasteis ir a mí! ¡Sois unos verdaderos estúpidos! ¡Realmente, nunca pensé que fuerais capaces de una cosa así!

—No seas tonta, Jorge —respondió Julián—. Ya te dije que tenías que quedarte con Ana. Os contaré lo que sucedió. ¡Es muy emocionante!

—¿Qué ocurrió? ¡Cuéntame, deprisa! —rogó Ana.

Jorge se dio la vuelta, obstinada, como si no le interesase en absoluto.

Julián empezó a relatar los extraños acontecimientos de la noche anterior. Su hermana escuchaba conteniendo la respiración. Jorge se mantenía atenta también, aunque pretendía aparentar que no. Estaba muy enfadada y ofendida.

—Bien, eso es todo —concluyó Julián—. ¡Si eso es lo que la gente entiende por un tren fantasma, allí había uno, saliendo y entrando, sin cesar de resoplar, de ese túnel! Os puedo asegurar que estaba muy asustado. Siento que no estuvieras allí también, Jorge, pero no quería que Ana se quedase sola.

Su prima no estaba en disposición de aceptar disculpas. Aún parecía furiosa.

—Supongo que a *Tim* sí lo llevaríais con vosotros, ¿verdad? —dijo—. Creo que fue horrible por su parte irse sin despertarme, cuando sabía que a mí me hubiera gustado acompañaros en esa aventura.

–No seas tonta –exclamó Dick, disgustado–. No se te ocurra enfadarte ahora con *Tim*. Lo haces sentirse triste, y además él no vino con nosotros. Salió a recibirnos a la vuelta, y después se marchó con Jock hasta la granja.

–¡Oh! –suspiró Jorge alargando la mano para palmotear a *Tim*, que pareció muy contento–. Entonces *Tim* por lo menos me fue leal. Es un consuelo.

Hubo un silencio. Nadie sabía muy bien cómo portarse con Jorge cuando cogía una de sus rabietas. Lo mejor era dejarla sola. Pero no podían irse y dejarla en el campamento solo porque estuviese de malhumor.

Ana asió con fuerza el brazo de su prima. Se ponía muy triste cuando Jorge se portaba así.

–Jorge –empezó–, no te enfades también conmigo. ¡Yo no he hecho nada!

–Si no fueras una cobardica, y no tuvieras miedo de ir con nosotros, no hubiera pasado esto –respondió Jorge con aspereza, apartando el brazo.

Julián vio la expresión dolida de Ana y se enfadó.

–¡Cállate, Jorge! –ordenó–. ¡Estás siendo muy desagradable y diciendo cosas horribles! Me sorprendes. Es impropio de ti.

Jorge se sentía avergonzada de sí misma, pero era demasiado orgullosa para confesarlo. Miró furiosa a Julián.

–¡Y tú me sorprendes a *mí*! ¡Después de todas las aventuras que hemos corrido juntos, intentas dejarme de lado! Pero me dejarás ir la próxima vez, ¿verdad, Julián?

–¿Qué? ¿Después de portarte así con Ana? –replicó Julián, que podía mostrarse casi tan obstinado como Jorge cuando quería–. ¡Claro que no! Esta es mi aventura y la de Dick y quizá la de Jock. No la tuya ni la de Ana.

Se levantó y se alejó colina abajo acompañado de Dick. Jorge se sentó, arrancando briznas de los tallos de brezo. Continuaba indignada y furiosa. Ana apenas podía contener las lágrimas. Odiaba esta clase de situaciones. Se levantó y fue a preparar la comida. Quizá después de un buen almuerzo se calmaran los ánimos.

El señor Luffy estaba sentado fuera de su tienda, leyendo. Ya había visto a los niños aquella mañana. Levantó la mirada, sonriente.

–¡Hola! ¿Veníais a hablar conmigo?

–Sí –contestó Julián, ocurriéndosele de pronto una idea–. ¿Puedo consultar un momento su mapa, señor? Aquel tan grande que detalla cada kilómetro de estos páramos.

–No faltaba más. Está en la tienda, por algún sitio. Buscadlo vosotros mismos.

Los muchachos no tardaron en encontrarlo, y lo extendieron, examinándolo con atención. Dick se había dado cuenta enseguida del propósito de Julián. El profesor continuaba enfrascado en su lectura.

–En este mapa aparecen los túneles del tren que atraviesan los páramos, ¿verdad? –preguntó Julián.

El señor Luffy asintió con la cabeza.

–En efecto. Hay bastantes túneles. Supongo que les resultó más fácil a los ingenieros horadar túneles por debajo de los páramos, de valle a valle, que construir un trazado sobre su superficie. Y además, las vías que discurren por arriba estarían probablemente cubiertas de nieve durante el invierno.

Los niños inclinaron sus cabezas sobre el enorme mapa. Los raíles aparecían marcados con líneas de puntos cuando eran subterráneos y con largas líneas negras cuando iban al aire libre, en los diversos valles.

Localizaron el lugar exacto en que estaban acampados. El dedo de Julián resbaló a través del mapa hasta detenerse donde se veía una pequeña línea de trazo seguido, al final de otra punteada.

Miró a Dick, quien asintió con la cabeza. Sí, aquello

señalaba el lugar donde se hallaba el túnel del que salió el tren fantasma y las vías del apeadero abandonado. El dedo de Julián volvió de la cochera al túnel, en el punto en que empezaban las líneas punteadas. Ocupaban un pequeño espacio. Después se convertían de nuevo en líneas enteras. ¡Aquel era el lugar por donde el tren salía al otro valle!

El dedo señaló entonces un punto concreto, donde el túnel que nacía en la cochera parecía juntarse con otro que también recorría un trecho antes de ir a parar a un valle distinto. Los niños se miraron silenciosos.

El señor Luffy vio una polilla y se levantó para seguirla. Los chicos vieron la oportunidad de hablar entre ellos.

—El tren fantasma pasa desde su túnel al valle de más allá o tuerce en esta bifurcación para dirigirse al otro valle —dijo Julián al fin, en voz baja—. Te diré lo que haremos, Dick. Pediremos al señor Luffy que nos lleve a la ciudad más próxima, con la excusa de que necesitamos comprar algo. Una vez allí, nos despistamos un momento y salimos disparados hacia la estación. Quizás allí podamos enterarnos de algo sobre estos dos túneles. ¡Ojalá acertemos!

—Buena idea —corroboró Dick. Y viendo que volvía

el señor Luffy le dijo–: Señor, ¿está usted muy ocupado hoy? ¿Le sería posible llevarnos a la ciudad más próxima después de comer?

–¡Claro, claro! –respondió el profesor.

Los niños se miraron entre sí contentísimos. ¡Ojalá encontrasen algo! Pero no llevarían a Jorge con ellos. Así la castigarían por su mal humor.

## CAPÍTULO 13

# Un plan emocionante

Ana los llamó para comer.

–¡Venid! –gritó–. ¡Ya está todo preparado! ¡Decid al señor Luffy que tenemos también para él!

El señor Luffy acudió de muy buena gana. Miró con aprobación el mantel blanco extendido en el suelo y todo lo que había encima.

–Hum... Ensalada, huevos duros, lonchas de jamón. ¿Qué es esto? ¡Tarta de manzana! ¡No me digas que lo has hecho aquí, Ana!

La niña se echó a reír.

–No, todo viene de la granja, naturalmente, excepto el jugo de lima y el agua.

Jorge comió con los otros, pero apenas pronunció una palabra. Estaba de mal humor y el señor Luffy la contemplaba de cuando en cuando, perplejo.

–¿Te encuentras bien, Jorge? –preguntó de repente. Jorge enrojeció.

–Sí, muchas gracias –respondió en un vano intento por recuperar su buen carácter, aunque no logró ni sonreír.

El señor Luffy la observó y se sintió aliviado al ver que comía tanto como los demás. Al menos, no parecía estar enferma. Seguramente habían tenido alguna discusión entre ellos. ¡Ya se le pasaría! Sabía que era mejor no interferir.

Acabaron la comida y se bebieron todo el jugo de lima. Era un día caluroso y estaban muy sedientos. *Tim* vació su plato de agua y fue a mirar con ansiedad el cubo de lona que guardaba el agua para fregar. Pero estaba demasiado bien enseñado para beberla cuando ahora sabía que no podía hacerlo.

Ana rio y echó algo más de agua en su plato.

–Bien –dijo el señor Luffy, empezando a llenar su vieja pipa de madera–. Si alguien quiere venir conmigo a la ciudad esta tarde, estaré listo en pocos minutos.

–Yo sí –respondió Ana, al momento–. ¿Vendrás tú también, Jorge?

–No.

Los chicos cambiaron entre sí una mirada de alivio. Ya se habían imaginado que se negaría a acompañarlos.

Pero si hubiese sabido lo que trataban de encontrar, seguramente hubiera ido con mucho gusto.

–Voy a dar una vuelta con *Tim* –dijo Jorge, cuando terminaron entre todos de lavar los platos.

–De acuerdo –contestó Ana, que pensaba que era preferible dejar a Jorge sola aquella tarde hasta que se le pasara el mal humor–. Te veré más tarde.

Jorge y *Tim* partieron. Los otros se encaminaron con el señor Luffy hacia donde estaba aparcado el coche, al lado de la roca grande.

–Aún está el remolque enganchado al coche –observó Julián–. Espere un momento. Será mejor que lo suelte. No necesitamos llevar un remolque vació saltando detrás todo el camino.

–¡Siempre olvido desenganchar el remolque! –exclamó el señor Luffy, avergonzado–. ¡Las veces que me lo he llevado sin darme cuenta!

Los chicos se guiñaron el ojo. ¡El señor Luffy! Siempre hacía cosas así. No era extraño que su mujer estuviese siempre preocupada por cosas sin importancia, dando vueltas a su alrededor como una gallina clueca con un pollito alocado, cuando estaba en su casa.

Salieron en el coche, saltando por el camino lleno de baches, hasta que llegaron a la carretera. Se detuvieron en el centro de la ciudad. El profesor les dijo que se encontrarían en el hotel situado enfrente del aparcamiento a las cinco, para tomar el té.

Los tres niños se alejaron juntos, dejando que el señor Luffy entrara en la biblioteca. Resultaba extraño encontrarse sin Jorge. A Ana no le gustaba estar así y lo dijo a sus hermanos.

–Bueno, a nosotros tampoco nos gusta –confesó Julián–. Pero no podemos permitir que se porte de esa manera y se salga con la suya. Pensé que ya era mayor para esta clase de cosas.

–Bueno, ya sabéis que le encantan las aventuras –la defendió Ana–. Yo tengo la culpa. Si no me hubiera asustado, me habríais llevado con vosotros y Jorge también habría venido. Es verdad lo que dijo de que yo era una cobarde.

–No lo eres –rechazó Dick–. Lo que pasa es que no puedes evitar el asustarte de algunas cosas a veces. De todos modos, eres la más pequeña. Pero eso no significa que seas cobarde. Sé que puedes mostrarte tan valiente como cualquiera de nosotros en los momentos difíciles, aunque en el fondo estés muerta de miedo.

–¿Adónde vamos? –preguntó Ana al cabo de un rato. Los muchachos se lo dijeron y sus ojos se abrieron asombrados–. ¡Oh! ¿Vamos a enterarnos de dónde salen los trenes fantasma? ¿Podrían venir de uno de esos valles, según el mapa?

–Sí. Los túneles son muy largos –respondió Julián–. Pero no creo que tengan más de kilómetro y medio. Pensamos que podríamos hacer algunas indagaciones y ver si hay por aquí alguien que sepa algo acerca de la vieja cochera de tren y del túnel que nace en él. Naturalmente, no diremos ni una sola palabra acerca de los trenes fantasma.

Entraron en la estación. Se acercaron a un mapa de la red ferroviaria y lo examinaron con detenimiento, pero no les aclaró gran cosa. Julián se volvió hacia un joven mozo que transportaba un carrito con maletas.

–¡Hola! ¿Podrías ayudarnos? Estamos acampados en los páramos, muy cerca de una cochera de tren con unas vías que van a parar a un túnel viejo. Nos gustaría saber por qué está fuera de uso esa cochera.

–Pues no lo sé –contestó el chico–. Tendríais que preguntárselo al viejo Tucky, ese de allí. ¿Lo veis? Conoce todos los túneles de estos páramos como la palma de la mano. Trabajó en ellos cuando era joven.

–Gracias –dijo Dick, encantado.

Se encaminaron hacia donde estaba sentado al sol un

viejo maletero con patillas, disfrutando de un descanso hasta la llegada del próximo tren.

–Disculpe –comenzó Julián, cortésmente–. Nos han dicho que usted conoce todos los túneles de los páramos como la palma de la mano. Debe de ser muy interesante.

–Mi padre y mi abuelo construyeron esos túneles –respondió el anciano, mirando a los niños con sus pequeños ojos apagados, que lagrimeaban a causa del sol–. Y yo he trabajado en todos los trenes que pasan por ellos.

Murmuró una larga lista de nombres, repasando todos los túneles que recordaba. Los niños esperaron con paciencia hasta que el viejo maletero hubo acabado.

–Hay un túnel donde hemos acampado, en los páramos –dijo Julián cuando pudo tomar la palabra–. No muy lejos de la granja Olly. Encontramos una vieja cochera abandonada, con unas vías que van a parar a un túnel. ¿Lo conoce?

–¡Oh, sí! Es un túnel muy antiguo –contestó Tucky, asintiendo con su cabeza canosa, sobre la cual descansaba, muy ladeada, la gorra de mozo–. Ya no se utiliza desde hace muchos años, ni tampoco la cochera. No había bastante movimiento para mantener la cochera, así que la cerraron, y el túnel tampoco volvió a ser aprovechado.

Los niños intercambiaron miradas. ¡Que ya no se utilizaba! Bueno, ellos sabían que sí.

–Ese túnel comunica con otro, ¿no? –preguntó Julián.

El anciano, encantado con su interés por los viejos túneles que él conocía tan bien, se levantó y se metió en su oficina. Salió con un mapa muy sucio y manoseado, que extendió sobre sus rodillas. Su negra uña señaló una marca en el mapa.

–Esta es la cochera, ¿veis? Se llamaba Olly, por la granja. Aquí es donde las vías entran en el túnel. Va hasta el valle de Kilty, que es este. Y aquí es donde se junta con el túnel del valle de Rocker. Pero lo tapiaron hace años. Hubo un accidente, creo que el techo se desplomó, y la compañía decidió no utilizar más el túnel que iba al valle de Rocker.

Los niños escucharon con el mayor interés. Julián iba pensando. Si aquel tren fantasma venía de algún sitio, tenía que ser del valle de Kilty, porque era el único camino posible desde que el túnel al valle de Rocker fue tapiado donde se unían los dos túneles.

–Supongo que ahora no pasarán ya trenes desde el túnel del valle de Kilty a Olly.

Tucky resopló.

–¿No os acabo de decir que hace muchos años que

no se utiliza la cochera? La estación del valle de Kilty ha sido reconvertida en otra cosa, aunque las vías continúan allí. No ha pasado ningún tren por ese túnel desde que yo era joven.

Aquello se estaba poniendo muy interesante. Julián le agradeció tanto aquella información al viejo Tucky, que este quería repetírselo todo otra vez. Incluso les regaló el viejo mapa.

–¡Oh, gracias! –exclamó Julián, encantado de tenerlo. Miró a sus hermanos–. Esto nos va a ser muy útil –aseguró.

Los demás asintieron.

Dejaron al viejo contento y regresaron al centro de la ciudad. Encontraron un pequeño parque y se sentaron en un banco.

Estaban deseosos de comentar lo que el viejo Tucky les había contado.

–Es muy extraño –dijo Dick–. Oficialmente, no pasan trenes por el túnel, hace años que no se utiliza y la cochera de Olly está abandonada desde hace tiempo.

–Y sin embargo, hay trenes que todavía van y vienen –adujo Julián.

–Entonces tienen que ser trenes fantasma –dijo Ana con los ojos muy abiertos y una expresión perpleja–. Julián, es eso, ¿verdad?

—Eso parece —respondió Julián—. Es muy misterioso. No lo entiendo.

—Julián —dijo de repente Dick—. ¿Sabes lo que podemos hacer? Esperaremos una noche hasta que veamos al tren fantasma salir del túnel en dirección a la cochera. En ese momento, uno de nosotros podría correr al otro extremo del túnel. Solo tiene kilómetro y medio de largo, más o menos. Allí podría esperar a que saliese de nuevo. Así podríamos descubrir por qué hay un tren que va por ese túnel del valle de Kilty a la cochera de Olly.

—Buena idea —asintió Julián, temblando de emoción—. ¿Por qué no esta noche? Si viene Jock al campamento, puede acompañarnos. Y si no, iremos solos tú y yo. ¡Sin Jorge!

Estaban muy emocionados. Ana se preguntó si tendría valor suficiente para ir también, pero sabía que, en cuanto llegase la noche, no se sentiría ni la mitad de lo valiente que se sentía ahora. ¡No, de ninguna manera! En realidad, no necesitaba meterse en esta aventura por ahora. Todavía no se había transformado en una aventura, propiamente dicha. No era más que un misterio por resolver.

Cuando volvieron al campamento, Jorge no había regresado aún de su paseo. La esperaron un rato y al final apareció con *Tim*, y parecía muy cansada.

–¡Lo siento! Me porté como una idiota esta mañana –dijo enseguida–. Perdí el control. ¡No sé lo que me pasó!

–¡Está bien! –respondió Julián amablemente–. Olvídalo.

Sus primos se mostraron muy contentos de que Jorge hubiera recuperado al fin el buen humor. En verdad, era una persona inaguantable cuando se enfadaba. Estaba muy tranquila y no hizo ninguna pregunta sobre los trenes fantasma o sobre los túneles. Los demás tampoco mencionaron el tema.

La noche era clara. Las estrellas brillaban otra vez en el cielo. A las diez, los niños dieron las buenas noches al señor Luffy y se retiraron a sus respectivas tiendas. Puesto que Julián y Dick no pensaban salir a explorar hasta medianoche, se acostaron y se quedaron charlando en voz baja.

Hacia las once oyeron a alguien que se movía con cautela. Se preguntaron si se trataría de Jock, pero no los llamó. ¿Quién podría ser?

Entonces Julián divisó una cabeza muy conocida que se dibujaba contra el cielo estrellado. Era Jorge. Pero ¿qué estaría haciendo? ¡A ver si les iba a fastidiar la salida! Ellos habían procurado no hacer ruido y la niña pensó que estaban dormidos. Julián dio uno o dos preciosos ronquidos, solo para dejar que ella lo creyera así.

Por fin desapareció. Julián esperó algunos minutos más y asomó con infinitas precauciones la cabeza por la abertura de la tienda. Sus dedos palparon algo que parecía una cuerda. Hizo una mueca y volvió a meterse en la tienda.

–Ya he descubierto lo que estaba haciendo Jorge –murmuró–. Ha colocado una cuerda a través de la entrada de nuestra tienda. Y apuesto que va hasta su tienda y que se la ha atado en el dedo gordo del pie o en cualquier otro sitio de manera que, si nos marchamos sin ella, pueda sentir el tirón de la cuerda cuando la estiremos. Así se despertará y podrá seguirnos.

–¡Esta Jorge! –cuchicheó Dick–. Siempre con sus trucos. Bueno, pues lo siento por ella. Esta vez no ha tenido suerte. Nos escurriremos por un lado de la tienda.

Y así lo hicieron, unos minutos después de las doce. No tuvieron necesidad de tocar la cuerda para nada. Pronto se encontraron entre los brezos y caminaron ladera abajo, mientras Jorge dormía el sueño de los justos en su tienda, al lado de Ana, esperando el tirón que no llegó. ¡Pobre Jorge!

Los muchachos llegaron a la cochera abandonada. En primer lugar, trataron de comprobar si la luz de Sam *Pata de Palo* estaba apagada.

Así era, en efecto. Eso significaba que el tren fantasma aún no había pasado aquella noche.

Todavía estaban arrastrándose hacia la cochera, cuando oyeron que el tren se aproximaba. Era el mismo ruido de la vez anterior, amortiguado por el túnel, y al poco apareció de nuevo el tren, sin luces, chirriando en su camino hacia la cochera.

–Rápido, Dick. Corre hasta la boca del túnel y vigila hasta que el tren vuelva. Yo iré al otro extremo cruzando el páramo. En ese viejo mapa hay un sendero y lo seguiré. –Las palabras de Julián se atropellaban unas a otras, tanta era su agitación–. Esperaré a que el tren fantasma vuelva, y veré si se desvanece en el aire.

Y sin añadir nada más, echó a correr hacia el sendero que cruzaba el páramo hasta el otro lado del túnel. ¡Si se daba prisa alcanzaría a ver lo que ocurría en el otro extremo!

# CAPÍTULO 14

# Jock llega al campamento

Julián encontró el sendero por casualidad y avanzó por él lo más rápido que pudo. Encendió su linterna, ya que no sentía el menor temor de tropezarse con nadie en aquel solitario camino, y menos por la noche. El sendero estaba muy oculto por la maleza. Sin embargo, logró seguirlo con cierta facilidad, incluso corriendo a veces.

«Si ese tren fantasma se demora, como la otra vez, unos veinte minutos en la cochera, dispondré del tiempo justo para alcanzar el otro lado del túnel –jadeó Julián–. Estaré en la estación de Kilty antes de que aparezca».

El camino le pareció muy largo. De pronto, el sendero comenzó a descender. Julián alcanzó a ver lo que parecía ser una estación de ferrocarril. A la luz de las estrellas aparecieron algunas moles, que debían ser almacenes o algo parecido.

Recordó lo que el viejo mozo de estación había dicho. La estación de Kilty seguía siendo empleada para algo que no fue capaz de determinar. Claro que cabía la posibilidad de que hubiesen quitado las vías. Pudiera ser, incluso, que el túnel hubiera sido bloqueado. Se deslizó a gran velocidad sendero abajo y llegó a lo que en otro tiempo había sido una estación de ferrocarril. Tal como había vislumbrado desde lo alto, a cada lado se alzaban grandes construcciones. Julián pensó que debían de haberse utilizado como lugares de trabajo. Encendió la linterna y la apagó muy deprisa. El pequeño relámpago sirvió, sin embargo, para mostrarle lo que estaba buscando: dos pares de rieles. Eran viejos y herrumbrosos, pero sabía que conducían al túnel. Los siguió en silencio, caminando en dirección a la negra boca del oscuro túnel. No consiguió ver el interior. Encendió de nuevo la linterna y la apagó en el acto. Sí, las vías continuaban. Julián se detuvo y se preguntó qué haría a continuación.

«Me adentraré un trecho por el túnel y comprobaré si se halla tapiado por algún sitio», pensó. Así lo hizo, marchando entre el par de vías. Encendió su linterna, seguro de que nadie podría ver la luz ni preguntarle qué estaba haciendo allí a aquellas horas de la noche.

El túnel se ensanchó de repente. Delante de él se abría

un enorme boquete que desaparecía en la más profunda oscuridad. Seguramente no debía de estar tapiado. Julián descubrió un pequeño nicho practicado en la mampostería del túnel y decidió esconderse. Era uno de los nichos hechos por los trabajadores para guarecerse cuando pasaban los trenes en los viejos tiempos.

Julián se metió en el sucio agujero y aguardó. Echó una mirada a la esfera luminosa de su reloj. Había tardado media hora en llegar hasta allí. Lo más probable era que el tren hiciese su aparición en pocos minutos. Tendría que permanecer muy quieto y muy callado. No pudo evitar desear que Dick estuviera allí. ¡Era realmente espeluznante estar acechando en la oscuridad a un misterioso tren fantasma que por lo visto no pertenecía a nadie y que aparecía y desaparecía de la nada...!

Esperó y esperó. Una vez creyó oír un rugido a lo lejos en el interior del túnel y contuvo la respiración, seguro de que el tren se aproximaba. Pero no llegó. Esperó media hora más y el tren no había aparecido todavía. ¿Qué le habría pasado?

«Esperaré diez minutos más y después me iré –pensó Julián–. ¡Ya tengo suficiente de estar escondido en un sucio y negro túnel esperando a un tren que no viene! ¿Habrá decidido quedarse en la estación de Olly toda la noche?».

Al cabo de diez minutos se levantó. Abandonó el túnel, se dirigió a la estación de Kilty y tomó por el sendero a través de los páramos. Se apresuró, ansioso de reunirse con Dick al otro extremo del túnel. ¡Seguramente estaría esperando a que Julián volviese! Dick estaba allí, cansado e impaciente. Cuando vio la rápida señal luminosa de la linterna de Julián, contestó con la suya.

–¿Por qué has tardado tanto? –le reprochó Dick–. ¿Qué te ha pasado? Hace mogollón de tiempo que el tren se marchó por el túnel. No estuvo en la estación más de veinte minutos.

–¿Que se marchó por el túnel? –exclamó Julián–. ¿De verdad? ¡Pues no salió por el otro lado! Estuve mucho rato esperando. Ni siquiera lo vi, aunque una vez se escuchó un rugido muy atenuado. O puede que lo haya imaginado.

Los chicos se quedaron en silencio, perplejos y confusos. ¿Qué clase de tren era aquel, que salía resoplando de un túnel a altas horas de la noche y se volvía a meter en él, pero que no aparecía por el otro lado?

–¿Tú crees que ese segundo túnel de que nos habló el mozo de estación estará realmente tapiado? –preguntó Julián al fin–. Si no lo estuviera, el tren podría desviarse por él.

–Sí, esa parece la única solución, si el tren es real y no fantasma –asintió Dick–. Bueno, no podemos ir a explorar esos túneles ahora. Será mejor hacerlo durante el día. ¡Ya he tenido suficiente por esta noche!

Julián opinaba lo mismo. En silencio, los dos muchachos volvieron al campamento.

Estaban tan cansados que se olvidaron por completo de la cuerda que atravesaba la entrada de su tienda y no se cuidaron de salvar el obstáculo. Se metieron en los sacos de dormir, satisfechos de haber llegado.

La cuerda propinó un fuerte tirón al dedo de Jorge, a través de un agujero que esta había hecho en su saco. La niña se despertó sobresaltada. *Tim* estaba despierto. Había oído regresar a los muchachos. Lamió a Jorge cuando esta se incorporó. Jorge no se había desvestido del todo. Se liberó a toda prisa de su saco de dormir y salió de la tienda. ¡Ahora atraparía a los dos chicos escapándose a escondidas y los seguiría!

Pero no había ni rastro de ellos, no se oía nada. Se deslizó en silencio hacia su tienda. Ambos muchachos aparecían sumidos en un profundo sueño, cansados de su expedición nocturna. Julián roncaba un poco y Dick respiraba tan hondo, que Jorge podía oírlos desde donde estaba agachada.

No entendía nada. Alguien le había tirado del dedo, así que tenía que haber tocado aquella cuerda. Después de permanecer a la escucha durante algunos minutos, se levantó y se volvió a la cama. Por la mañana, tuvo ocasión de enfurecerse una vez más al relatar Julián y Dick su aventura nocturna. Jorge apenas podía creer que se hubieran ido otra vez sin ella y que lo hubieran conseguido sin tocar la cuerda.

Dick observó la cara de Jorge y no pudo evitar echarse a reír.

–Lo siento. Descubrimos tu truco y lo esquivamos al marchamos, pero lo olvidamos al regreso. Tuvimos que darte un tremendo tirón, ¿no es cierto? Supuse que habías atado la otra punta de la cuerda a tu dedo gordo.

Jorge le miró como si desease tirarle a la cabeza todas las cosas del desayuno. Por fortuna para todos, Jock apareció en aquel momento. No venía con su acostumbrada y radiante sonrisa, sino que parecía un poco triste.

–Hola, Jock –le invitó Julián–. Llegas a tiempo de desayunar. Siéntate con nosotros.

–No puedo –respondió Jock–. Solo tengo unos minutos. Escuchad, tengo que ir a pasar dos semanas con la hermana de mi padrastro. ¡Dos semanas! Ya os habréis ido cuando vuelva, ¿verdad?

–Claro. Pero, Jock, ¿por qué tienes que irte? –exclamó Dick, muy sorprendido–. ¿Te han dado alguna explicación?

–No lo sé. Mamá no ha querido decírmelo, pero parece muy triste. Mi padrastro está de un humor espantoso. Creo que quieren alejarme por alguna razón. No conozco apenas a la hermana de mi padrastro. Solo la vi una vez. Lo único que puedo deciros es que me cayó fatal.

–Bueno, ¿y por qué no vienes aquí y te quedas con nosotros, si lo que quieren es deshacerse de ti? –preguntó Julián, preocupado por su amigo.

El rostro de Jock se iluminó.

–¡Eso es una gran idea! –dijo.

–Genial –asintió Dick–. Bueno, no sé qué es lo que te detiene. Si quieren librarse de ti, no importa adónde vayas a vivir. Nos encantaría tenerte aquí.

–¡Estupendo! Vendré –prometió Jock–. No diré una palabra a mi padrastro. Solo confiaré a mamá el secreto. Quería que me pusiese en camino hoy mismo, pero me negué hasta que os viese a vosotros. No creo que se enfade conmigo y espero que arregle las cosas con la hermana de mi padrastro.

Jock volvió a sonreír. Los chicos sonrieron también. Incluso Jorge. *Tim* meneó el rabo.

Sería estupendo tener a Jock, y, ¡cuántas cosas tenían para contarle!

Se marchó a comunicar las buenas noticias a su madre, mientras sus amigos lavaban los cacharros. Una vez que Jock hubo desaparecido, Jorge volvió a ponerse furiosa recordando la faena de los muchachos.

Cuando empezaron a explicar lo que había sucedido la noche anterior, se negó rotundamente a escuchar.

–No voy a molestarme nunca más por vuestros estúpidos trenes fantasma –dijo–. No me dejasteis ir con vosotros cuando quise y ahora paso del tema.

Y se marchó con *Tim* sin aclarar adónde iba.

–Bueno, dejemos que haga lo que le parezca –exclamó Julián, exasperado–. ¿Qué espera que hagamos? ¿Irle detrás y asegurarle que la próxima vez la dejaremos venir con nosotros?

–Habíamos decidido ir de día –le recordó Dick–. Entonces no hay ningún inconveniente en que nos acompañe. Si Ana no quiere venir con nosotros, podría quedarse sola sin ningún problema.

–Tienes razón –confirmó Julián–. Será mejor que la llamemos y se lo digamos.

Pero entonces Jorge estaba ya demasiado lejos para poder oírlos.

–Se ha llevado unos sándwiches –dijo Ana–. Al parecer, piensa estar fuera todo el día. Vaya tontería.

Jock volvió al cabo de un rato con dos mantas, un jersey y más comida.

–Me costó mucho convencer a mamá –le explicó–, pero al final dijo que sí. Aunque me las habría arreglado para venir de todos modos. No pienso dejarme castigar por mi padrastro de esa manera. Es genial. Nunca pensé que acamparía con vosotros. Si no tenéis sitio para mí en vuestra tienda, Julián, puedo dormir sobre los brezos.

–Hay sitio de sobra –aseguró Julián–. ¡Hola, señor Luffy! ¡Se ha levantado temprano!

El señor Luffy se acercó y echó una mirada a Jock.

–¡Ah! ¿Este es vuestro amigo de la granja? ¿Cómo estás? ¿Piensas pasar unos días con nosotros? Veo que vienes cargado de mantas.

–Sí, Jock ha venido a pasar unos días con nosotros –respondió Julián por él–. Mire toda la comida que ha traído. Suficiente para alimentar a un batallón.

–Es cierto. Bueno, voy a preparar algunos de mis ejemplares. ¿Qué vais a hacer vosotros?

–Nos quedaremos por aquí más o menos hasta la hora de comer –dijo Julián–. Entonces iremos a dar una vuelta.

El profesor regresó a su tienda y, al poco, pudieron oír como silbaba al empezar su trabajo. De repente, Jock se levantó sobresaltado y pareció alarmarse.

–¿Qué ocurre? –preguntó Dick.

Entonces oyó lo mismo que Jock había oído. Un estridente silbido resonó un poco más abajo.

–Es el silbido de mi padrastro –respondió Jock, tembloroso–. Me está llamando. Mamá debe de haberle confesado la verdad o quizá descubrió que yo había venido aquí.

–¡Rápido, vamos a escondernos! –propuso Ana–. Si no te encuentra no podrá hacerte volver. ¡Ven! Puede que se canse de buscarte y se vaya.

Nadie pudo exponer una idea mejor y, naturalmente, nadie sentía el menor interés por enfrentarse con un señor Andrews furioso. Salieron disparados colina abajo y se metieron por donde el brezo aparecía más alto y espeso. Se introdujeron en él y se echaron, escondiéndose entre las ramas altas.

Pronto se oyó la voz del señor Andrews llamando a su hijastro. Al no recibir respuesta, se acercó a la tienda del profesor.

Este, sorprendido por los gritos, asomó la cabeza por la abertura de la tienda para ver qué ocurría.

No le gustó el aspecto del señor Andrews.

—¿Dónde está Jock? —preguntó el señor Andrews, encarándose con él.

—No lo sé.

—Tiene que volver —protestó el otro, rabioso—. No quiero tenerlo vagabundeando por ahí con esos críos.

—¿Qué es lo que han hecho? —inquirió el señor Luffy—. A mí me parecen muy educados y muy agradables.

El señor Andrews examinó a su interlocutor y lo catalogó como un viejo tonto e inocente, que probablemente le ayudaría a obligar a Jock a que regresase si le hablaba con amabilidad.

—Pues mire —explicó—. No sé quién es usted, pero deduzco que es un amigo de los niños. Si estoy en lo cierto, es mejor que le advierta que están corriendo un grave peligro.

—¿De verdad? ¿Y cómo es eso? —preguntó el señor Luffy con suavidad, sin creer una palabra de lo que estaba oyendo.

—Hay sitios peligrosos por estos parajes. Muy peligrosos. Los conozco. Y esos niños han estado rondando por allí. Y si Jock se junta con ellos, empezará a hacer lo mismo. No quiero que corra peligro. A su madre se le rompería el corazón.

—Claro —afirmó el señor Luffy.

—Bien. ¿Tendría la bondad de convencerlo y enviarlo a casa? Esa cochera es el peor sitio. La gente dice que pasan por allí trenes fantasma. No me gustaría que Jock se mezclase en ese tipo de cosas.

—Claro —volvió a decir el profesor, contemplando silenciosamente al señor Andrews—. Parece que a usted le preocupa mucho esa cochera.

—¿A mí? ¡Oh, no, en absoluto! —protestó—. Nunca me he acercado siquiera a ese sitio horrible. No quiero ver trenes fantasma. ¡Saldría corriendo! Es solo que no quiero que Jock corra ningún peligro. Le estaría muy agradecido si se lo pudiera decir y lo mandara a casa, cuando vuelva de donde quiera que esté.

—Claro —dijo por tercera vez el señor Luffy impasible.

El señor Andrews miró la dulce cara del señor Luffy y sintió unos súbitos deseos de abofetearle.

—Claro, claro, claro, ¿no sabe usted decir otra cosa? —gruñó.

Se volvió y se retiró sin despedirse. Cuando ya hacía un rato que se había marchado y solo era un puntito a lo lejos, el señor Luffy gritó sonoramente.

—¡Se ha ido! Por favor, mandadme a Jock aquí para que pueda decirle... esto... unas cuantas palabritas.

Los niños salieron de su escondite entre los brezos. Jock se acercó al profesor con expresión rebelde.

—Solo quería decirte —dijo el señor Luffy— que entiendo muy bien por qué deseas estar lo más lejos posible de tu padrastro y que considero que no es asunto mío dónde vayas para mantenerte apartado de él.

Jock sonrió.

—Muchísimas gracias —suspiró aliviado—. Pensé que iba a obligarme a regresar a casa. —Corrió hacia los demás—. Todo va bien —dijo—. Voy a quedarme. Oíd, ¿por qué no vamos a explorar ese túnel después de comer? ¡Tenemos que encontrar sin falta ese tren fantasma!

—Buena idea —asintió Julián—. ¡Iremos! ¡Pobre Jorge! También se perderá esta aventura.

## CAPÍTULO 15

# Jorge corre una aventura por su cuenta

Jorge se había marchado con una idea fija en la cabeza. ¡Tenía que descubrir algo sobre ese misterioso túnel! Decidió atravesar los páramos hasta la estación de Kilty e investigar por allí. ¡Incluso podría arriesgase a volver a través del mismo túnel!

Pronto llegó a la cochera de Olly. Desde la colina descubrió a Sam *Pata de Palo* trajinando junto a su cabaña. Bajó para hablarle.

Él no la vio ni la oyó venir. Dio un respingo, asustado, cuando ella lo llamó.

Se volvió mirándola furioso.

–¡Fuera de aquí! –gritó–. Os he dicho, niños, que no vengáis por aquí. ¿Queréis que pierda mi empleo?

–¿Quién le mandó que nos echara? –preguntó Jorge,

sorprendida de que alguien se hubiera enterado de su visita a la cochera.

–Él –respondió el viejo. Se frotó los párpados y observó cuidadosamente a Jorge con sus miopes ojos–. Se me han roto las gafas –dijo.

–¿Quién es «él», la persona que le dijo que nos echase? –preguntó la niña.

Pero el viejo pareció sufrir de pronto uno de sus bruscos cambios de humor. Se agachó y cogió un palo grande. Estaba a punto de tirárselo, cuando *Tim* soltó un ladrido y un gruñido amenazadores.

Sam dejó caer el brazo.

–Fuera de aquí, tú –repitió–. No querrás que un pobre viejo como yo tenga problemas, ¿verdad?

Sin insistir más, Jorge se marchó. Decidió tomar el sendero que conducía hasta el túnel y echar una mirada a su interior. Sin embargo, cuando llegó allí, no había nada digno de verse. No tenía ganas de entrar sola en la negra boca del túnel, así que siguió por el sendero que Julián había tomado la noche anterior.

A medio camino se separó de él para indagar qué sería un extraño montículo que sobresalía entre los brezos.

Arranco una matas y encontró algo duro debajo. Lo empujó, pero no logró que cediese. *Tim,* creyendo que estaba cavando en una madriguera de conejos, acudió solícito en su ayuda. Se arrastró por entre los brezos y, de repente, soltó un aullido de pánico y desapareció.

Jorge gritó:

–¡*Tim!* ¿Dónde estás?

Sintió un gran alivio cuando oyó un ladrido que provenía de algún sitio por allá abajo. ¿Dónde estaría? Lo llamó otra vez y *Tim* respondió con un nuevo ladrido.

Jorge apartó a tirones las matas de brezos y de pronto descubrió lo que era aquel bulto tan extraño. Era un respiradero del viejo túnel, un agujero por donde escapaba el humo en la época en que pasaban por allí los trenes. Había una reja de hierro, pero los barrotes se habían oxidado y se habían roto con el tiempo. Y el brezo había crecido densamente por encima.

–¡Oh, *Tim*, te has caído por el respiradero! –exclamó Jorge con ansiedad–. Me parece que no estás muy abajo. Espera un poco y veré lo que puedo hacer. ¡Ojalá estuvieran los otros aquí para ayudarme!...

Pero no estaban, y tuvo que hacerlo todo sola. Intentó separar los barrotes rotos. Le llevó mucho tiempo. Al fin consiguió ponerlos al descubierto y ver dónde había caído *Tim*.

Este la animaba de vez en cuando con pequeños ladridos, como si dijera: «Todo va bien. No te preocupes. Puedo esperar. No me he hecho daño».

Jorge tuvo que sentarse y tomar un descanso después de tanto esfuerzo. Tenía hambre, pero se prometió que no comería hasta que no consiguiera bajar hasta donde estaba *Tim*. Pronto reemprendió otra vez su tarea.

Fue descolgándose a través del orificio de entrada. El descenso era difícil y tenía miedo de que los barrotes de hierro oxidado se rompieran bajo su peso. Por suerte no pasó.

Una vez debajo del respiradero, descubrió algunos escalones, hechos de grandes clavos de hierro que sobresalían hacia afuera. Algunos conservaban aún peldaños atravesados. Evidentemente, aquello había sido en otro tiempo una escalera que iba hasta el orificio del respiradero. Muchos de los peldaños habían desaparecido, pero los clavos de metal que los habían sostenido se mantenían todavía en la pared de ladrillos del viejo y redondo respiradero.

Oyó que *Tim* emitía un pequeño ladrido. Ya estaba muy cerca de ella.

Descendió por el enorme agujero con mucha precaución. Su pie tocó el cuerpo del perro. Había ido a parar sobre un montón de barrotes rotos que pertenecían en parte a la vieja escalera metálica y habían formado como una pista de aterrizaje que retuvo al perro en su caída.

–*Tim* –dijo Jorge, horrorizada–. ¿Cómo voy a sacarte de aquí? Este agujero va directo al túnel.

No podía sacar a *Tim* del agujero. No podría subir la escalera de hierro, le faltaban demasiados peldaños. Tampoco podía bajarlo.

–¡Oh, *Tim*! –exclamó Jorge en tono desesperado–. ¿Por qué me habré ido sin los demás para ir a explorar por mi cuenta. No te caigas, *Tim*. Te romperías las patas.

*Tim* no tenía la menor intención de caerse. Estaba asustado, pero hasta el momento la curiosa pista de aterrizaje aguantaba firme. Se estaba muy quieto.

–Escucha, *Tim* –dijo Jorge, al fin–. Lo único que se me ocurre es bajar como pueda para comprobar si el túnel está muy lejos. Puede que haya alguien que pueda venir a ayudarte... No, eso es una tontería. No puede ser. Pero tengo que encontrar una cuerda o algo así. ¡Si pudiera ayudarte a bajar...! ¡Oh, *Tim,* qué pesadilla!

Le dio una animosa palmada y empezó a tantear el hierro con los pies. Más abajo no faltaba ya ningún peldaño y era fácil descolgarse hasta allí. Pronto se encontró en el mismo túnel.

Llevaba la linterna y la encendió. Estuvo a punto de dejar escapar un grito de horror.

¡Muy cerca de ella había un tren silencioso! ¡Casi podía tocar la máquina! Sí... podía ser... ¡el tren fantasma!

Jorge se detuvo respirando agitada.

Parecía muy pero que muy viejo. La máquina era más pequeña de lo normal y también los vagones. Tenía una chimenea alta y las ruedas eran diferentes a las de los trenes corrientes. Jorge se detuvo ante el silencioso tren, con la linterna encendida y la cabeza hecha un lío. Realmente, no sabía qué pensar.

¡Debía de ser el tren fantasma! Había salido de ese túnel la noche anterior y había vuelto a entrar en él. No había completado el recorrido hasta la estación de Kilty, porque Julián lo estaba vigilando y juraba que no había salido por allí. No, se había limitado a llegar hasta la mitad del túnel y se había quedado allí, esperando la noche para empezar a correr de nuevo.

Jorge se estremeció. Ese tren parecía tener muchos años. ¿Quién lo conducía por la noche? ¿Lo manejarían hombres de verdad, o corría sin conductor, recordando sus viejos tiempos e itinerarios? No, eso era una estupidez. Los trenes no pensaban ni recordaban.

Jorge se sacudió para pensar en *Tim*. Y justo en aquel

momento, el pobre *Tim* perdió el equilibrio sobre los barrotes de hierro. Se había asomado para oír mejor a su ama y le había resbalado una pata. Ahora se estaba cayendo respiradero abajo.

Se pegó un soberbio golpe. Chocó contra parte de la escalera y esto frenó su caída por un momento. Pero enseguida volvió a iniciar el descenso. Se encogió cuanto pudo, intentando sujetarse a algo para salvarse.

Jorge lo oyó aullar y se dio cuenta de lo que estaba ocurriendo. Estaba tan presa del terror que no fue capaz de moverse. Se quedó allí inmóvil en la parte baja del respiradero como una estatua, sin siquiera respirar.

*Tim* cayó rebotando a su lado y soltó un gruñido. En un momento, Jorge se arrodilló junto a él.

–¡*Tim*! ¿Estás herido? ¿Estás vivo? ¡Oh, *Tim*, por favor, dime algo!

–¡Guau! –dijo *Tim*, y se levantó bastante inseguro sobre sus cuatro patas.

¡Había ido a parar sobre un montón de blando hollín! El humo de los trenes durante muchos años había cubierto de hollín las paredes del respiradero y con el tiempo había caído hasta formar un montón en el suelo. *Tim* había caído a plomo encima y casi se había enterrado. Se sacudió y el hollín voló hasta Jorge. A ella no le importó ni trató de protegerse. Abrazó al perro, y la cara, las manos y la ropa quedaron tan negros como el hollín. Tanteó a su alrededor y encontró el suave montón que había impedido que *Tim* se hiciese daño.

–¡Es hollín! Yo bajé por el otro lado del respiradero y no sabía que estaba esto aquí. ¡Oh, *Tim,* qué suerte has tenido. Pensé que te habías matado o que estabas gravemente herido.

*Tim* le lamió la nariz, llena de hollín, y no le gustó su sabor. Jorge se levantó. No le gustaba la idea de volver a subir por aquel horrible respiradero. Y, de todos modos, *Tim* no podía hacerlo. La única solución que les cabía era caminar por el interior del túnel hasta encontrar la salida. No se había atrevido ni a imaginárselo antes, por si acaso se topaba con el tren fantasma, pero, ya que estaba allí, no había de qué preocuparse. Había estado tan angustiada por *Tim* que lo había olvidado por completo.

*Tim* se acercó a la máquina y olfateó sus ruedas. De repente, se coló de un salto dentro de la cabina. Ver la osadía de *Tim* al hacer aquello liberó a Jorge de todo el temor. Si *Tim* saltaba al tren fantasma, es que no había motivo para asustarse.

Decidió, por lo tanto, examinar los vagones. Había cuatro, todos cubiertos. Alumbrando con su linterna, se subió al que tenía más cerca, empujando a *Tim* hacia atrás. Esperaba encontrarlo vacío, descargado hacía años por unos olvidados ferroviarios.

¡Pero estaba lleno de cajas! Jorge se quedó sorprendida. ¿Por qué un tren fantasma llevaba cajas en su interior? Iluminó una con su linterna y la apagó a toda prisa. ¡Había oído un ruido en el túnel! Se agachó en el vagón, colocó su mano sobre el collar de *Tim,* y escuchó. *Tim* también escuchaba, con el pelo del cuello erizado.

Se produjo un chirrido y después un golpe. Brilló una luz y el túnel quedó de repente tan iluminado como el mismo día.

La luz procedía de una gran lámpara, situada a un lado del túnel. Jorge atisbó cautelosa desde un agujero del vagón. Pensó que debía de encontrarse donde el túnel se bifurcaba. Un ramal se dirigía hacia la estación de Kilty. Pero ¿seguro que el otro estaba tapiado? Jorge siguió las vías con los ojos. Una continuaba en dirección a la estación de Kilty y la otra iba a dar en línea recta a un gran muro, construido atravesando el segundo túnel, el que en otros tiempos había llevado hasta la estación de Rocker.

«Sí, está tapiado, como el viejo le dijo a Julián», se dijo Jorge para sí. Y entonces recibió el susto más grande

de su vida. Tuvo que apoyarse en la pared del vagón, sin apenas poder creer lo que veían sus ojos.

¡El muro se estaba moviendo! Ante sus propios ojos, una gran parte de la pared se deslizó por la parte central hacia atrás, hasta que una abertura de forma extraña apareció. Jorge jadeó. ¿Qué significaba todo aquello?

Un hombre pasó por la abertura. Jorge estaba segura de haberlo visto antes en alguna parte. Se subió a la máquina del tren y se metió en la cabina.

Empezaron a surgir desde allí toda clase de sonidos. ¿Qué estaba haciendo aquel hombre? ¿Estaba preparándose para poner en marcha la locomotora? Jorge no se atrevía a asomarse. No podía parar de temblar y *Tim* se apretó contra ella para confortarla.

Una nueva serie de ruidos –ruidos de vapor–, siguieron a los primeros. El hombre debía de estar poniendo en marcha la máquina. Salía humo de la chimenea, más ruidos y algunos silbidos y chirridos.

De repente se le ocurrió que el hombre podía tener la intención de trasladar la máquina a través de la pequeña abertura en el muro de ladrillos. Entonces, suponiendo que volviese a cerrarlo, Jorge se hallaría prisionera. ¡Quedaría escondida en el vagón, detrás de esa pared, y no podría escapar!

«Tengo que salir de aquí antes de que sea demasiado tarde –pensó Jorge muerta de miedo–. ¡Esperemos que ese hombre no me vea!».

Pero en el momento en que iba a intentarlo, la máquina inició un ruidoso chuc-chuc y empezó a moverse hacia atrás. Corrió por las vías un pequeño trecho, luego cambió la dirección hasta que sus ruedas se encontraron sobre las vías que llegaban al segundo túnel, cuya pequeña abertura se veía ya claramente.

Jorge no se atrevía a saltar del tren en marcha. Se agachó asustada cuando la máquina se dirigió a toda velocidad al agujero en la pared, que se extendía delante de ella, a través del otro túnel. ¡El agujero se ajustaba muy bien a las dimensiones del tren! Debía de haberse hecho a propósito, pensaba Jorge mientras lo atravesaban.

El tren siguió en línea recta y salió a otro túnel, iluminado también. Jorge atisbó el exterior a través del agujero. ¡Aquello era más que un túnel! Parecía un sótano inmenso, que se ensanchaba a cada lado del túnel. Unos cuantos hombres holgazaneaban aquí y allá. ¿Quiénes eran y qué hacían con aquel viejo tren?

Se oyó un ruido extraño a su espalda. ¡El agujero de la pared de ladrillos se cerraba! Ahora ya no había modo de salir de allí.

«Es como el "Ábrete, Sésamo" de *Alí Babá y los cuarenta ladrones* –pensó Jorge–. ¡Y, como Alí Babá, estoy en la cueva y no conozco el modo de salir de aquí! ¡Afortunadamente *Tim* está conmigo!».

El tren se había detenido. Detrás de él quedaba el grueso muro y Jorge descubrió delante de ella otro semejante. El túnel había sido tapiado en dos sitios y en medio se había excavado aquella extraordinaria caverna o lo que fuese.

Jorge no entendía nada.

–Bueno, ¿qué dirían los otros si supieran que tú y yo estamos en el tren fantasma metidos en un escondite donde nadie en el mundo nos puede encontrar? –susurró Jorge a *Tim*–. ¿Qué vamos a hacer, *Tim*?

*Tim* meneó la cola con cautela. No entendía nada de todo aquello. Deseaba echarse un rato y ver qué pasaba.

–Esperaremos hasta que los hombres se hayan ido, *Tim* –murmuró Jorge–. Si se van. Entonces saldremos y veremos si conseguimos manejar esa entrada de Ábrete-Sésamo y pirarnos. Será mejor que le contemos al señor Luffy todo esto. Aquí hay algo muy extraño y misterioso, y tú y yo nos hemos metido de cuatro patas.

## CAPÍTULO 16

# Otra vez en el túnel

Jock estaba disfrutando en el campamento. Había comido con los otros y con buen apetito. Parecía sentirse muy feliz. El señor Luffy se reunió con ellos y Jock le sonrió, considerándolo un amigo.

–¿Dónde está Jorge? –preguntó el señor Luffy.

–Se fue sola –respondió Julián.

El profesor Luffy miró a Julián y preguntó.

–¿No os habréis peleado, por casualidad?

–Un poco –contestó Julián–. Tuvimos que dejarla ir. Ella es así.

–¿Y adónde se ha ido? –preguntó el profesor, sirviéndose un tomate–. ¿Por qué no ha vuelto para comer?

–Se llevó la comida –contestó Ana–. Estoy un poco preocupada por ella. Espero que esté bien.

El señor Luffy pareció alarmado.

–Yo también estoy preocupado –dijo–, aunque se haya llevado a *Tim*.

–Saldremos a explorar un poco –resolvió Julián cuando hubieron acabado de comer–. ¿Qué piensa hacer usted, señor Luffy?

–Creo que os acompañaré –dijo el señor Luffy de modo inesperado.

El corazón de los niños dio un brinco. Resultaba imposible investigar lo de los trenes fantasma y el túnel, si el señor Luffy iba con ellos.

–Bueno, no creo que le interese mucho, señor –objetó Julián, en tono más bien débil.

El señor Luffy captó la indirecta, advirtiendo que aquella tarde no era muy deseado.

–Claro –asintió–. En ese caso me quedaré aquí y me dedicaré a mis cosas.

Los niños respiraron aliviados. Ana lo arregló todo con la ayuda de Jock. Se despidieron del señor Luffy y salieron, llevándose la merienda.

Jock estaba entusiasmado, encantado de encontrarse entre sus amigos. No hacía más que pensar en que aquella noche dormiría en el campamento. ¡Qué divertido sería! ¡Y el buen señor Luffy, que siempre se lo tomaba todo por el lado bueno! Corrió detrás de los otros alegremente cuando salieron hacia la vieja cochera del ferrocarril.

Sam *Pata de Palo* estaba trajinando por allí como siempre. Le hicieron señas. No contestó. En vez de ello, levantó el puño y les chilló con voz ronca:

–¡Largo! Está prohibido el paso. Si venís por aquí, os perseguiré.

–Bueno, no nos acercaremos, no se preocupe –respondió Dick haciendo una mueca–. No le daremos la oportunidad de perseguirnos. Solo nos interesa encontrar las vías y seguirlas hasta el túnel.

Eso resultó demasiado para la furia del pobre Sam. Gritó hasta enronquecer. Los niños no le hicieron el menor caso y se dirigieron sin detenerse hacia las vías. La boca del túnel les pareció muy redonda y negra cuando se acercaron.

–Continuaremos por el túnel hasta que encontremos el tren fantasma que vimos la otra noche –dijo Julián–. No salió por el otro lado, de modo que tiene que estar en algún sitio del túnel.

–Si es un tren fantasma de verdad, debe de haberse desvanecido –dijo Ana, a quien no le agradaba en absoluto la vista de aquel túnel.

Los demás rieron.

–No se habrá desvanecido –respondió Dick–. Recorreremos el túnel y lo examinaremos a fondo. Intentaremos descubrir qué es exactamente ese tren y por qué va y viene de esa manera tan misteriosa.

Se introdujeron en el negro túnel y encendieron las linternas que formaban pequeños senderos luminosos enfrente de ellos. Avanzaban entre las vías, observando con atención por si descubrían cualquier cosa que pareciese tener la forma de tren.

Aquellas vías parecían no acabarse nunca. Las voces de los niños sonaban extrañas y llenas de ecos en el largo túnel. Ana no se atrevía a soltar el brazo de Dick y medio deseaba no haber ido con ellos. De pronto recordó que Jorge la había llamado cobarde, y levantó la cabeza, decidida a no mostrar que estaba asustada.

Jock hablaba casi sin parar.

–En mi vida había hecho algo parecido. A esto le llamo yo una aventura de verdad, a la caza de trenes fantasma en un túnel oscuro. Me hace sentir bien, pero sobre todo me provoca escalofríos. Supongo que encontraremos el tren. ¡Tiene que estar en algún sitio!

Siguieron caminando y caminando. Pero no encontraron señales de ningún tren. Llegaron al lugar en que el túnel se bifurcaba en dos ramales, uno hacia Kilty, y el que comunicaba con el valle de Rocker en otro tiempo. Julián reflejó la luz de su linterna en la enorme pared de ladrillos que atravesaba el segundo túnel.

–Sí, está tapiado. Y a conciencia –observó–. Esto nos deja un solo túnel para explorar. Sigamos.

Prosiguieron su camino. Poco se imaginaban que Jorge y *Tim* yacían temblorosos dentro del mismísimo tren fantasma. Durante mucho tiempo siguieron por las vías, sin encontrar nada interesante. Al fin vislumbraron un pequeño círculo de luz brillando a lo lejos.

–¿Veis eso? –preguntó Julián–. Ese debe de ser el final del túnel. Bueno, si el tren no está entre nosotros y la estación de Kilty, ¡es que se ha marchado!

Recorrieron el resto del túnel en silencio y salieron al aire libre. La estación de Kilty estaba compuesta por muchos edificios. La entrada del túnel estaba muy descuidada. La hierba había crecido tapando las vías.

–Hace años que no ha salido ningún tren por aquí –dedujo Julián–. Las ruedas habrían aplastado la hierba.

–¡Es tan extraño! –murmuró Dick, perplejo–. Hemos examinado todo el túnel y no hay ningún tren, aunque sabemos positivamente que sale y entra. ¿Qué le habrá sucedido?

–¡Es un tren fantasma! –exclamó Jock, con la cara

roja de emoción–. No puede ser otra cosa. Solo existe por la noche y entonces sale por las vías como solía hacer hace años.

–No me gusta pensar en ello –dijo Ana, preocupada–. Es una idea horrible.

–¿Y qué vamos a hacer ahora? –preguntó Julián–. Hemos llegado a un punto muerto. Ni tren ni nada que se le parezca. ¡El túnel está vacío! ¡Qué final tan triste para una aventura!

–Hagamos todo el camino otra vez –propuso Jock. Deseaba sacar el mayor partido de aquella aventura, fuese como fuese–. Sé que tampoco veremos nada, pero nunca se sabe.

–No pasaría otra vez por ese túnel por nada del mundo –dijo Ana–. Prefiero quedarme al aire libre. Iré por la parte de arriba, por donde Julián fue el otro día. Os esperaré al otro lado.

–De acuerdo –respondió Julián, y los tres niños se adentraron de nuevo en el oscuro túnel.

Ana se encaminó hacia el sendero que pasaba por encima. ¡Qué bueno era estar al aire libre otra vez! ¡Ese horrible túnel! Corrió alegremente, contenta de sentir la caricia del sol. Pronto alcanzó el otro extremo y se sentó en la cima de la colina para aguardar a sus compañeros.

Buscó con la mirada a Sam *Pata de Palo*. No lo veía. Tal vez estuviera en su cabaña.

No habían pasado más de dos minutos, cuando sucedió algo sorprendente. Apareció un coche bamboleándose por la pista de tierra de la cochera.

Ana se levantó para verlo mejor. Un hombre se apeó del coche. Los ojos de Ana estuvieron a punto de saltarle de las órbitas. Estaba segura de que era el señor Andrews, el padrastro de Jock. Fue a la cabaña de Sam y abrió la puerta. Ana pudo oír un rumor de voces. De pronto percibió una especie de rugido, procedente de un pesado camión, que avanzaba con precaución por el escarpado camino. Se metió en un viejo cobertizo que amenazaba ruina y se quedó allí. Entonces bajaron de él tres hombres. Ana los miró con atención. ¿Dónde los había visto antes?

«¡Claro! Son los trabajadores de la granja de Jock –pensó–. Pero ¿qué están haciendo aquí? ¡Qué extraño!». El señor Andrews se reunió con ellos y, para desesperación de la niña, fueron en dirección al túnel. Su corazón casi dejó de latir. ¡Qué desastre! Julián, Dick y Jock continuaban en el interior del túnel. ¡Darían de bruces con el señor Andrews y sus hombres! ¿Qué sucedería? El señor Andrews les había advertido que no pusieran los pies allí, y a Jock se lo había prohibido de manera terminante.

Ana vio a los cuatro hombres encaminándose a la lejana boca del túnel. ¿Qué podía hacer? ¿Cómo podía advertir a los chicos? ¡Era imposible! Solo podía quedarse allí y aguardar a que salieran, probablemente perseguidos por un furioso señor Andrews. ¡Oh! Si los atrapaban, tenían segura una formidable paliza.

«Solo puedo esperar –pensó la pobre Ana–. Nada más. ¡Por favor, Julián, Dick y Jock! ¡Venid pronto! No me atrevo a hacer nada para ayudaros».

Esperó cada vez más nerviosa. Ya hacía rato que había pasado la hora del té. Julián llevaba la merienda, de modo que Ana no podía entretenerse comiendo. Nadie salió del túnel. No se oía nada. Al fin decidió bajar y hacerle unas cuantas preguntas a Sam *Pata de Palo*. De modo que, aunque muerta de miedo, la niña bajó.

Sam estaba en su cabaña bebiendo leche con cacao. Parecía muy enfadado. Evidentemente algo marchaba mal. Cuando vio la sombra de Ana cruzando la puerta, se levantó al momento, blandiendo el puño.

–Pero ¿qué es esto? ¿Niños otra vez? Os metisteis en el túnel y telefoneé al señor Andrews para que viniese y os cogiese a todos. ¿Por qué tenéis que andar metiendo las narices todo el rato por donde no os importa? ¿Cómo salisteis del túnel? ¿No os agarró el señor Andrews? ¿Eh?

Ana le escuchaba horrorizada. ¿Así que el viejo Sam había llamado por teléfono al señor Andrews para contarle que andaban por allí? Eso explicaba la presencia del padrastro de Jock. Había venido para atraparlos con sus hombres. La situación se estaba poniendo muy peligrosa.

–¡Ven aquí! –exclamó Sam de repente alargando su enorme brazo para cogerla–. ¡Ven, te digo! No sé dónde estarán los demás, pero, por lo menos, tendré a uno de vosotros.

Ana soltó un chillido y escapó disparada a pedir auxilio. Sam *Pata de Palo* la persiguió unos cuantos metros y después abandonó el intento. Se agachó y cogió un puñado de tierra, arrojándola en su dirección. Una lluvia cayó sobre ella y la hizo correr más deprisa que antes.

Tomó el camino hacia los brezos y pronto se encontró en los páramos, anhelante y sollozando.

«¡Julián! ¡Dick! ¿Qué os habrá ocurrido? ¿Dónde estará Jorge? Si hubiera vuelto... Ella sería lo bastante valiente para ir a salvaros pero, yo no lo soy. Debo decírselo al señor Luffy. Él sabrá qué hacer».

195

Corrió y corrió. Sus pies tropezaban continuamente con los brotes del espeso brezo. Se caía y se levantaba otra vez. Continuaba su camino espoleada por una idea fija: encontrar al señor Luffy y contárselo todo. ¡Sí, le contaría todo lo de los trenes fantasma! Aquel asunto era muy serio y necesitaban la ayuda de un adulto.

–¡Señor Luffy! ¡Señor Luffy! ¿Dónde está? ¡Señor Luffy!

El señor Luffy no respondía. Llegó a unas matas de espinos y creyó que eran las del campamento. Pronto vio que se había equivocado. El campamento no estaba allí. ¡Se había perdido!

–¡Me he perdido! –gimió Ana, con las mejillas llenas de lágrimas–. Pero no puedo tener miedo. Tengo que encontrar el verdadero camino. ¡Estoy completamente perdida! ¡Señor Luffy!

¡Pobre Ana! Daba traspiés ciegamente, esperando llegar al campamento, llamando una y otra vez:

–Señor Luffy, ¿puede oírme? ¡Señor Luffy!...

## CAPÍTULO 17

# Un hallazgo asombroso

Entre tanto, ¿qué les había ocurrido a los tres chicos que volvían a través del túnel? Iban lentamente, examinando con atención las vías para ver si era posible que hubiera pasado un tren por allí recientemente. En el oscuro y poco aireado túnel crecían muy pocas hierbas, de modo que no podían deducir gran cosa por el estado de las mismas.

Pero cuando estaban más o menos a medio camino, Julián descubrió algo interesante.

–¡Mirad! –dijo iluminando de modo alternativo con su linterna las vías delante y detrás de él–. ¿Veis esto? Las vías están negras y herrumbrosas detrás de nosotros, pero a partir de aquí se vuelven brillantes, como si se utilizasen a menudo.

Tenía razón. A sus espaldas se extendían los rieles su-

197

cios y oxidados. En cambio, frente a ellos, en dirección a la boca del túnel que conducía hasta la cochera de Olly, el carril estaba brillante como si las ruedas de un tren hubieran pasado recientemente por él.

—Es extraño —comentó Dick—. Parece como si el tren fantasma se limitase a ir de aquí a la cochera de Olly y volver. Pero ¿por qué? ¿Y dónde se puede haber metido? ¡Se ha desvanecido en el aire!

Julián estaba tan sorprendido como Dick. ¿Dónde podía estar el tren si no estaba en el túnel? Era evidente que había llegado a la mitad del túnel y se había detenido allí. Pero ¿dónde estaba ahora?

—Continuemos hasta la salida para ver si las vías siguen brillantes todo el camino —determinó Julián, al fin—. No podemos descubrir nada por aquí, a no ser que el tren se materialice delante de nosotros.

Siguieron por el túnel, alumbrando el camino con las linternas. Hablaban muy entusiasmados mientras andaban, por lo cual no advirtieron que cuatro hombres estaban esperándolos, cuatro hombres escondidos en un pequeño nicho excavado a un lado, acechando en la oscuridad.

—Bueno —dijo Julián—. Creo...

Se vio obligado a interrumpirse, porque cuatro figuras

se habían abalanzado de repente sobre ellos, dejándolos inmovilizados en un santiamén. Julián dio un grito y se debatió, pero el hombre que lo sujetaba era demasiado fuerte para poder librarse de él. Las linternas rodaron por el suelo. La de Julián se rompió con la caída, mientras las otras dos permanecían encendidas, iluminando con sus rayos los pies del pequeño grupo que pataleaba.

No fueron necesarios más de veinte segundos para convertir a los muchachos en prisioneros, con los brazos a la espalda. Julián intentó moverse, pero su guardián le retorció el brazo con tanta violencia que gritó de dolor y dejó de moverse.

—¡Oigan! ¿Qué significa esto? —preguntó Dick—. ¿Quiénes son ustedes y qué imaginan que están haciendo? Solo somos tres niños que exploran un viejo túnel. ¿Qué hay de malo en eso?

—Sacadlos a todos —ordenó una voz que reconocieron al instante.

—¡Señor Andrews! ¿Es usted? —gritó Julián—. Déjenos ir. Usted nos conoce. Somos los chicos del campamento y Jock está aquí también. ¿Qué piensa que estamos haciendo?

El señor Andrews no contestó, pero le pegó al pobre Jock tal bofetada que por poco lo hace caer al suelo.

Sus captores los forzaron a seguir por el túnel hasta más allá de la mitad. Ninguno llevaba linterna, así que toda la escena se desarrollaba en la oscuridad. Los tres muchachos caminaban dando traspiés. Sin embargo, los hombres parecían conocer muy bien el camino.

Al cabo de un rato se detuvieron. El señor Andrews se apartó de ellos y Julián le oyó dirigirse hacia la izquierda. En aquel momento sonó un extraño ruido, una especie de chirrido, como de algo que se deslizaba. ¿Qué estaba sucediendo? Julián abrió los ojos en la oscuridad, pero no alcanzó a ver nada. Ignoraba que el señor Andrews estaba maniobrando el resorte que servía para correr la pared tapiada a través de la cual había pasado el tren.

Los tres chicos fueron empujados en la oscuridad, sin que se atrevieran a protestar.

Ahora se encontraban en aquel lugar oculto entre las dos paredes, justo donde el túnel se bifurcaba. El lugar en que el tren fantasma reposaba en silencio, con Jorge y *Tim* escondidos en uno de los vagones. Aunque nadie lo sabía, naturalmente. Ni siquiera al señor Andrews se le hubiera pasado por la imaginación que una niña y un perro estuvieran observándolos desde un vagón cercano.

Encendió una linterna e iluminó las caras de los tres niños. Ellos procuraban no poner de manifiesto el intenso pánico que los invadía. ¡Aquello era tan extraño e inesperado! Y no tenían la menor idea de dónde estaban.

—Os avisaron que os mantuvierais alejados de esta cochera —dijo la voz de uno de los hombres—. Os dijeron que era un sitio peligroso. No os mentían. Lo vais a pasar muy mal por no haber hecho caso de esas advertencias. Os dejaremos aquí atados hasta que hayamos acabado con nuestros asuntos. Quizá tardemos tres días, o tres semanas...

—¡Oiga! ¡No pueden tenernos prisioneros todo ese tiempo —protestó Julián, alarmado—. Empezarán a buscarnos por todas partes. ¡Y tenga por seguro que nos encontrarán!

—¡Oh, no, no lo harán! —respondió la voz—. Nadie será capaz de encontraros aquí. Ahora, Peters, átalos.

Peters así lo hizo. Quedaron con las piernas atadas y los brazos también, y los empujó contra la pared.

Julián protestó nuevamente.

—¿Por qué hacen esto? Somos inofensivos. No sabemos ni una palabra de sus asuntos, sean los que sean.

—No vamos a correr ningún riesgo —aseguró una voz. No era la voz del señor Andrews, sino otra, fuerte y firme, llena de determinación. Expresaba a la vez una buena dosis de fastidio.

–¿Qué pasará con mamá? –preguntó de repente Jock a su padrastro–. Estará preocupada.

–Pues que se preocupe –contestó la voz en tono desdeñoso, antes de que el señor Andrews pudiera hablar–. Es culpa vuestra. Estabais avisados.

Los pies de los cuatro hombres se pusieron en movimiento. De nuevo se repitieron los mismos ruidos de antes. Salieron por el agujero de la pared y lo cerraron. Sin embargo, los niños no tenían la menor idea de qué era lo que los producía. No podían imaginarse de qué se trataba. Los ruidos desaparecieron y un silencio de muerte dominó el recinto. La oscuridad era absoluta. Los tres niños aguzaron los nidos hasta estar seguros de que los hombres se habían marchado.

–¡Qué brutos! ¿Por dónde se habrán ido? –preguntó Dick–. ¡Maldita sea! Me han atado los pies tan fuerte que la cuerda me está mordiendo la carne.

–Tendrán algo que ocultar –comentó Julián en voz baja, intentando aflojar las cuerdas alrededor de sus manos.

–¿Qué va a suceder ahora? –dijo la asustada voz de Jock. La aventura ya no le parecía tan estupenda.

–¡Chiit! –ordenó Julián de repente–. ¡Oigo algo!

Se callaron y escucharon. ¿Qué era aquello?

–Es... es un perro gimiendo –exclamó Dick de repente, muy asombrado.

En efecto. Lo era. Concretamente *Tim,* que seguía en el vagón con Jorge. Oyó las voces de los muchachos, las reconoció y deseaba reunirse con ellos. Pero Jorge no estaba segura de que los hombres se hubieran marchado y mantenía la mano sobre su collar. Su corazón palpitaba de alegría al pensar que ya no se encontraba sola. Los tres muchachos, y quizá también Ana, estaban allí, en el mismo extraño lugar que ella y *Tim.*

Los muchachos prestaron atención. El gemido sonó de nuevo. Entonces, Jorge soltó el collar de *Tim,* que saltó de cabeza del vagón. Sus pies patearon ansiosos por el suelo. Salió disparado hacia los niños en la oscuridad y Julián sintió una lengua húmeda que le lamía la cara. Un cálido cuerpo se apretó contra él y un pequeño ladrido le dio a entender a quién pertenecía.

–¡*Tim!* ¡Dick, es *Tim*! –gritó Julián, encantado–. Pero ¿de dónde sale? ¿De verdad eres tú, *Tim*?

–Guau –respondió *Tim,* y lamió después a Dick y a Jock.

–¿Dónde está Jorge, entonces? –preguntó Dick.

–Aquí –dijo una voz, y Jorge saltó a su vez del vagón, encendiendo su linterna al mismo tiempo. Se acercó a los niños–. ¿Qué ha pasado? ¿Cómo habéis venido a parar aquí? ¿Os han capturado o qué?

–Sí –contestó Julián–. Pero, Jorge, ¿dónde estamos? ¿Y qué haces aquí tú también? ¡Es como una pesadilla!

–Primero os cortaré las cuerdas antes de explicaros nada –dijo Jorge, y sacó su navaja.

Los niños quedaron libres de las ligaduras y todos se sentaron, frotando sus doloridos tobillos y muñecas.

–¡Gracias, Jorge! Ahora ya me siento bien –dijo Julián, levantándose. ¿Dónde estamos? ¡Qué curioso! Y esa máquina, ¿qué está haciendo aquí?

–Este es el tren fantasma, Julián –respondió Jorge con una carcajada–. Sí, de verdad. Lo es.

–Pero si recorrimos todo el túnel sin encontrarlo –dijo Julián, confuso–. Esto es de lo más misterioso.

–Escucha, Julián –dijo Jorge–, sabes dónde está cortado el segundo túnel, ¿verdad? Bien. ¡Pues hay un trozo de pared que retrocede en plan Ábrete, Sésamo! El tren fantasma puede penetrar en ese agujero a través de las vías. Una vez pasado el muro, se detiene, y el agujero se cierra de nuevo.

Jorge encendió otra vez la linterna para enseñar a los niños la pared a través de la cual habían pasado. Después iluminó el muro opuesto.

–¿Veis esto? –dijo–. Hay dos paredes que obstruyen este segundo túnel. Entre ellas queda un gran espacio que les sirve para esconder el tren fantasma. ¿Ingenioso, no es cierto?

–Me lo parecería si pudiera ver algún sentido en todo esto –dijo Julián–, pero no entiendo una palabra. ¿Por qué van de un lado para otro con un tren fantasma por las noches?

–Eso es lo que tenemos que descubrir –contestó Jorge–. Ahora tenemos oportunidad para investigar. Mira, Julián, mira todas estas cuevas que se extienden a un lado y a otro del túnel. ¡Son unos magníficos escondrijos!

–¿Para qué? –preguntó Dick–. ¡No entiendo nada!

Jorge volvió la luz de su linterna sobre los tres niños y de repente preguntó:

–Eh, pero ¿dónde está Ana?

–Ana no quiso volver con nosotros por el túnel, así que se fue por el páramo para encontrarnos al otro lado, en la cochera de Olly –dijo Julián–. ¡Estará preocupadísima! Espero que no se le ocurra venir andando por el túnel a encontrarnos. Caería en las manos de esos hombres.

Todos se empezaron a preocupar por ella. Ana odiaba el túnel y se llevaría un susto de muerte si alguien la agarrase en plena oscuridad. Julián se volvió hacia Jorge.

–Alumbra con tu linterna y echemos una ojeada a estas cuevas. Parece que no ha quedado nadie por aquí. Podríamos dar una vuelta.

Jorge hizo girar su linterna y Julián pudo ver que unas enormes y aparentemente interminables cuevas se extendían a cada lado del túnel.

Jock descubrió algo más bajo la luz de la linterna. Observó un interruptor en la pared. Quizá lograría abrir el agujero.

Fue hacia él y lo pulsó. En el acto el lugar quedó inundado por una brillante luz. Por un momento se sintieron cegados por el repentino resplandor.

–Eso está mejor –exclamó Julián, satisfecho–. ¡Estupendo, Jock! Ahora podremos ver lo que estamos haciendo.

Observaron el tren fantasma, que permanecía silencioso cerca de ellos sobre sus raíles. Realmente parecía tan viejo y olvidado como si perteneciera a otra época.

–Es una pieza de museo –comentó Julián con interés–. Así que fue este viejo fantasma lo que vimos resoplando dentro y fuera del túnel por la noche.

–Me escondí en este vagón –explicó Jorge, señalándolo.

Jorge les relató su aventura. Los chicos, apenas podían creer que hubiera sido capaz de esconderse en el propio tren fantasma.

–Venid, echemos un vistazo a estas cuevas –dijo Dick.

Se dirigieron hacia las más próximas. Estaban llenas de cajas de todas clases. Julián abrió una de ellas y dejó escapar un silbido.

–Apuesto a que todo es para el mercado negro. Mirad: cajas de whisky y brandy, cajas y más cajas repletas de quién sabe qué. Esto es un verdadero escondite de productos para el mercado negro.

Los niños exploraron un poco más allá. Las cuevas estaban totalmente llenas de mercancías valiosas, que valdrían mucho dinero.

–Todo robado, supongo –dijo Dick–. Pero ¿qué hacen con ello? Lo traen aquí en el tren y lo esconden, esto está claro. Pero tendrán alguna manera que desprenderse de las mercancías.

–Las volverán a cargar en el tren y las llevarán a la cochera. Allí las recogerán en los camiones. Tienen suficientes para llevárselas –dijo Julián.

–¡No! –dijo Dick–. ¡Claro que no! Dejadme pensar. Lo roban, lo cargan en los camiones y por la noche lo guardan temporalmente en algún lugar.

–En la granja de mi madre –intervino Jock con voz

asustada–. Todos esos camiones que había en el granero. ¡Los usan para eso! Vienen a la cochera de Olly por la noche, cargan en secreto el material en el viejo tren, que les sale al encuentro. Y entonces lo transportan aquí para esconderlo.

Julián silbó.

–¡Tienes razón, Jock! Eso es exactamente lo que pasa. ¡Qué plan más ingenioso! ¡Utilizar una honesta granja como escondite, dotar la granja con hombres del mercado negro como trabajadores (¡no es extraño que trabajen tan mal!) y esperar las noches oscuras para llevar la mercancía a la estación y cargarla en el tren.

–Tu padrastro debe de conseguir un montón de dinero con este juego –dijo Dick a Jock.

–Sí. Por eso puede gastar tanto dinero en la granja –respondió Jock, apenado–. ¡Pobre mamá! Esto le romperá el corazón. De todos modos, no creo que mi padrastro sea el jefe de este negocio. Hay alguien detrás de él.

–Lo mismo creo yo –asintió Julián, pensando en el pequeño y estúpido señor Andrews, con su nariz grande y su débil mentón–. Seguro que lo hay... Pero queda una cuestión por resolver. Si sacan este género de aquí de alguna otra manera que no sea a través del túnel por el que vino, tiene que haber otro camino para salir de estas cuevas.

–Creo que tienes razón –respondió Jorge–. ¡Y si existe, lo encontraremos y escaparemos por él!

–Venid –dijo Julián. Y apagó la luz–. Tu linterna será suficiente por ahora. Probaremos primero en esta cueva. Mantened los ojos bien abiertos.

## CAPÍTULO 18

# Buscando una salida

Los cuatro niños y *Tim* entraron en la gran cueva. Fueron sorteando las pilas de cajas de madera, sorprendidos por la cantidad de cosas que aquellos hombres habían robado.

–No son cuevas hechas por el hombre –observó Julián–. Son naturales. Es posible que el techo se desplomara en el lugar donde se juntan los dos túneles, y la comunicación entre ellos quedara bloqueada.

–¿Y construyeron entonces los dos muros? –preguntó Dick.

–No lo creo. Quién sabe cuándo empezó a funcionar este mercado negro –respondió Julián–. Sin duda, la gente sabía que había cuevas aquí. Y cuando alguien vino a verlo puede que encontrara el viejo tren enterrado bajo los escombros, o algo así.

–Y lo resucitó y construyó otro muro secreto para hacer un escondite, y utilizar el tren para sus propios negocios –dijo Dick–. Y luego hizo esta entrada secreta. ¡Qué ingenioso!

Habían caminado un buen rato por la cueva sin encontrar nada de interés, aparte de cajas de madera y cofres. Por último, llegaron hasta donde había un montón de cajas cuidadosamente ordenadas y numeradas. Julián se detuvo.

–Parece como si estuvieran preparadas para ser enviadas a alguna parte –dijo–. Todas están puestas en orden y numeradas. Sin duda la salida tiene que estar por aquí.

Cogió la linterna de Jorge e iluminó a su alrededor por todas partes. Encontró lo que buscaba. El rayo de luz se reflejó de repente sobre una puerta de madera, situada en la pared de la cueva. Se acercaron a ella corriendo.

–¡Esto es lo que buscábamos! –exclamó Julián–. Apuesto a que sale a algún lugar solitario de los páramos, aunque no muy lejos de alguna carretera adonde puedan llegar los camiones para recoger las cosas y sacarlas de aquí. Algunas de las carreteras de los páramos son muy poco frecuentadas. Transcurren durante muchos kilómetros a través de páramos desiertos.

—Está muy bien montado –dijo Dick–. Los camiones se guardan en una inocente granja cargados de mercancías, para esconderlas en las cuevas del túnel a la hora conveniente. El tren sale de noche a recoger las cosas y las trae aquí hasta que la policía ha dejado de buscar. Entonces las sacan por esta puerta a los páramos y las cargan en los camiones que vienen a recogerlas y las llevan hasta el mercado negro.

—Os conté que tropecé una noche con Peters que estaba cerrando el granero, ¿no? –exclamó Jock, excitado–. Era muy tarde. Bueno, sin duda acababa de llegar con el camión lleno de carga robada y a la noche siguiente la cargarían en el tren fantasma.

—Exacto –dijo Julián, que, mientras tanto, había estado intentando abrir la puerta–. Esta puerta es desesperante. No consigo que se mueva un solo milímetro y no hay ningún cerrojo visible.

Empujaron con todas sus fuerzas, pero la puerta no cedía. Era muy firme y fuerte, aunque rudimentaria y tosca. Los cuatro niños, jadeantes y sudorosos, desistieron al fin.

—¿Sabéis qué creo? –dijo Dick–. Esta maldita puerta está atrancada por fuera.

—Supongo que tienes razón –replicó Julián–. Es lógico

que procuren mantenerla bien escondida con brezos y ramas por encima. Nadie la encontraría nunca. Supongo que los camiones se aproximan aquí desde la carretera cuando vienen a recoger mercancía. Llegan, abren la puerta, la cierran y la atrancan cuando se marchan.

–¿No hay modo de salir de aquí, entonces? –preguntó Jorge, decepcionada.

–Me temo que no –dijo Julián.

Jorge soltó un suspiro.

–¿Estás cansada? –preguntó su primo, amablemente–, ¿o hambrienta?

–Las dos cosas.

–Bueno, creo que nos queda algo de comida –dijo Julián–. Uno de los hombres tiró mi mochila, pero Dick también traía algo. Aún no hemos comido nada desde que salimos del campamento. ¿Qué os parece si merendamos? No tenemos posibilidad de escapar por el momento.

–Hagámoslo aquí –propuso Jorge–. No puedo dar un paso más.

Se apoyaron contra una gran caja y Dick abrió su mochila. Había sándwiches, pastel y chocolate. Los cuatro comieron agradecidos, si bien echaron de menos algo para beber con la comida.

Julián no dejaba de pensar qué habría sido de Ana.

—Me pregunto qué habrá hecho —dijo—. Supongo que habrá esperado mucho rato y luego habrá vuelto al campamento. Pero no conoce muy bien el camino y a lo mejor se ha perdido. ¡Ay! No sé que sería peor para Ana, si perderse en los páramos o estar prisionera aquí con nosotros.

—Yo pienso que ni lo uno ni lo otro le habría hecho mucha gracia —replicó Jock, entregando a *Tim* el último trozo de sándwich—. Debo confesar que estoy muy contento de tener a *Tim* con nosotros. De verdad, Jorge, no podía creerlo cuando oí gemir a *Tim*, y cuando tú hablaste creí que estaba soñando.

Descansaron un rato más en el mismo lugar y después decidieron volver al túnel donde se hallaba el tren.

—Solo nos queda la esperanza de encontrar el resorte que hace funcionar el Ábrete-Sésamo —dijo Julián—. Tendríamos que haberlo mirado antes, pero ni siquiera se me ocurrió.

Pronto estuvieron de nuevo junto al tren, que continuaba silencioso sobre las vías. Parecía un tren viejo corriente ahora que no tenían motivos para pensar, como hasta hacía poco, que era algo extraño y fantasmal.

Nuevamente dieron al interruptor de la luz para buscar alguna palanca o botón que abriese el agujero de la pared. Parecía que allí no había nada semejante. Probaron unos cuantos interruptores, pero no ocurrió nada.

De repente, Jorge se dirigió hacia una gran palanca que estaba en la misma pared de ladrillos. Intentó moverla y no pudo.

Llamó a Julián.

–Julián, ven. Me pregunto si esto tendrá algo que ver con lo que buscamos.

Los tres niños corrieron hacia ella. Julián intentó mover la palanca. No ocurrió nada. La empujó, pero no se movió. Entonces Dick la empujó, pero hacia arriba y con todas sus fuerzas. En el acto resonó un estrépito, como de algo muy pesado deslizándose. Efectivamente, un tabique de la pared se movía despacio hacia un lado, hasta que por fin se detuvo. La salida ya estaba despejada.

–¡Ábrete, Sésamo! –exclamó Dick, enfáticamente, cuando el agujero apareció.

–Será mejor que apaguemos la luz ahora –resolvió Julián–. Si todavía hay alguien en el túnel podría ver su reflejo en la pared y preguntarse quién la ha encendido.

Volvió atrás y la apagó, quedando a oscuras otra vez. Jorge encendió su linterna y sus débiles rayos iluminaron el camino de salida.

–¡Vamos, rápido! –se impacientó.

Salieron por el agujero y empezaron a recorrer el oscuro túnel en dirección a la cochera de Olly.

–Escuchad –dijo Julián en voz baja–. A partir de ahora, estaremos callados y caminaremos lo más silenciosamente que nos sea posible. No sabemos quién puede estar ahora dentro o fuera del túnel y podríamos caer otra vez en sus manos.

Así lo hicieron. Avanzaron uno junto al otro en fila india, manteniéndose a un lado de las vías.

No habían caminado mucho tiempo, cuando Julián se detuvo en seco. Los otros chocaron uno contra otro y *Tim* dio un pequeño gemido cuando alguien le pisó la pata. La mano de Jorge se apoyó en su collar al momento.

Escucharon, sin osar apenas respirar. Alguien entraba en el túnel frente a ellos. Pudieron vislumbrar el punto de luz de una linterna y oyeron el ruido distante de pisadas.

–¡Por el otro lado, rápido! –susurró Julián.

Dieron la vuelta, ahora con Jock a la cabeza. Recorrieron el camino tan rápida y silenciosamente como pudieron, para regresar al sitio donde los túneles se encontraban. Lo pasaron y siguieron hacia la estación de Kilty, esperando salir por allí. Pero sus esperanzas eran vanas.

Alguien con una linterna estaba allí al final del túnel. No se atrevieron a seguir. ¿Quién podría ser?

—Se darán cuenta de que el agujero de la pared está abierto —exclamó Dick de repente—. Lo dejamos abierto. Sabrán que nos hemos escapado y nos capturarán otra vez. Vendrán a buscarnos hasta aquí.

Permanecieron callados, apretados uno contra otro, *Tim* gruñía un poco desde el fondo de su garganta. Al fin, Jorge tuvo una idea.

—¡Julián! ¡Dick! Podríamos subir por el respiradero por el que bajé —susurró—. Por el que cayó *Tim*. ¿Nos dará tiempo?

—¿Dónde está el respiradero? ¡Rápido! Búscalo.

Jorge intentó recordar. Era al otro lado del túnel, cerca del sitio donde los dos ramales se enlazaban. Si encontraba el montón de hollín, lo localizaría.

¡Cómo deseaba que la lucecita de su linterna no fuese descubierta! Quienquiera que fuese el que venía de la cochera de Olly tenía que estar ya muy cerca. Halló el montón de hollín sobre el que había caído *Tim*.

—Aquí es —susurró—. Pero, Julián, ¿cómo podremos subir a *Tim*?

—No podemos de ninguna manera —dijo Julián—. Él tendrá que arreglárselas por sí solo para esconderse y escurrirse después fuera del túnel. Es lo bastante listo, no te preocupes.

Empujó hacia el respiradero primero a Jorge, cuyos pies encontraron los primeros peldaños. Luego siguió Jock, con su nariz casi tocando los talones de Jorge. Después Dick, y en último lugar Julián. Pero antes de que consiguiera subir los primeros peldaños sucedió algo inesperado. Una brillante claridad inundó el túnel. Alguien había encendido la luz.

*Tim* se ocultó en las sombras y gruñó desde el fondo de su garganta.

Entonces se oyó una maldición.

–¡Está abierto! ¿Quién ha abierto el agujero de la pared? ¿Quién está ahí?

Era la voz del señor Andrews. Luego se oyó otra voz más grave e indignada.

–¿Quién está aquí? ¿Quién lo abrió?

–Los críos no pueden haber movido la palanca –objetó el señor Andrews–. Los dejamos bien atados.

Tres hombres se introdujeron a toda prisa por el agujero de la pared. Julián se encaramó por los primeros peldaños, aliviado. El pobre *Tim* quedó abandonado entre las sombras.

Los hombres volvieron a salir corriendo.

–¡Se han escapado! Las cuerdas están cortadas. ¿Cómo pueden haberse escapado? Dejamos a Kit de guardia a un lado del túnel y nosotros nos quedamos en el otro. Esos críos deben de estar por aquí en algún sitio o escondidos en las cuevas –dijo una nueva voz.

–Peters, mira tú por el túnel, mientras nosotros buscamos por aquí.

Los hombres buscaban por todas partes. No conocían la existencia del respiradero en el techo. No descubrieron a *Tim*, que se deslizó como una sombra, apartándose de su camino y aplastándose contra el suelo cuando la luz de una linterna pasó cerca de él.

Jorge prosiguió el ascenso, tanteando con el pie las agujas de hierro hasta que llegó a los peldaños rotos. Entonces se paró. Había algo que le obstruía el paso, sobre su cabeza. Levantó la mano para palparlo. ¡Vaya! En su caída, había movido algunos de los barrotes de hierro rotos, de tal manera que habían quedado colocados a través del respiradero, unidos unos con otros. No se podía continuar subiendo. Intentó mover los barrotes, pero eran demasiado fuertes y pesados y tenía miedo de que el montón entero cayese sobre la cabeza de los chicos. Podría herirlos.

–¿Qué pasa, Jorge? ¿Por qué no sigues? –preguntó Jock.

–Hay unos barrotes de hierro atravesados. Debieron de caer al mismo tiempo que *Tim* –explicó Jorge–. No puedo continuar. No me atrevo a empujar más fuerte los barrotes.

Jock pasó el mensaje a Dick y este se lo transmitió a Julián. Los cuatro habían llegado a un punto muerto.

–¡Oh, no! –exclamó Julián–. Habría tenido que ir delante. ¿Qué vamos a hacer ahora?

Y en verdad ¿qué podían hacer? Allí estaban los cuatro, en la oscuridad, en el maloliente respiradero cubierto de hollín, miserablemente incómodos sobre los peldaños rotos y los hierros.

–¿Y ahora qué te parecen las aventuras, Jock? –preguntó Dick–. Apuesto a que desearías estar a salvo en tu casa, y en tu cama.

–¡No! –replicó Jock–. No quisiera perderme esto por nada del mundo. Siempre quise una aventura y no me voy a quejar de esta.

# CAPÍTULO 19

# ¡Qué aventura!

Entre tanto, ¿qué le había pasado a Ana? Había continuado dando traspiés de aquí para allá durante largo tiempo, sin cesar de llamar al señor Luffy. Y mientras, el señor Luffy estaba sentado en su tienda, leyendo tranquilamente. Sin embargo, cuando llegó la noche y con ella la oscuridad, comenzó a preocuparse muy en serio por los cinco chicos.

Se preguntó qué debía hacer. Resultaría muy difícil para un solo hombre localizarlos en los páramos. ¡Serían necesarias media docena de personas o más para eso!

Al fin, resolvió coger el coche y encaminarse hacia la granja Olly con objeto de solicitar la ayuda de sus empleados. ¡Y así lo hizo!

Sin embargo, cuando llegó allí no encontró a nadie

en la casa, excepto a la señora Andrews y a la criada. La señora Andrews parecía desconcertada y preocupada.

—¿Qué ocurre? —preguntó el señor Luffy con mucha amabilidad cuando ella se acercó corriendo al coche.

—¡Ah! ¡Es usted, señor Luffy! —exclamó, tan pronto como se dio a conocer él—. No sabía de quién se trataba. Ocurre algo muy extraño. Todos los hombres de la granja se han marchado con los camiones. Mi marido cogió el coche y se ha negado a explicarme nada. ¡Estoy tan preocupada!

El profesor decidió que sería preferible no aumentar aún más su angustia confesándole que los niños habían desaparecido. Puso el pretexto de que se había acercado tan solo a buscar un poco de leche.

—No se preocupe —le dijo en tono consolador—. Las cosas irán mejor mañana por la mañana, me imagino. Volveré entonces a verla. Ahora tengo que resolver un asunto urgente.

El coche volvió a traquetear por la carretera, y él estaba desconcertado. Sabía que algo extraño estaba sucediendo en la granja. Se había devanado los sesos sobre el misterio de los trenes fantasma. Deseó que los niños no se hubieran metido en nada peligroso.

«Creo que lo mejor será que vaya a la policía a informar de su desaparición –pensó–. Al fin y al cabo, yo soy el responsable de su seguridad. Esto es muy preocupante».

Explicó cuanto sabía en la comisaría, y el sargento, un hombre inteligente, reunió al momento a sus hombres y dispuso un coche patrulla.

–Debemos hallar enseguida a esos críos –dijo–. Y tendremos también que investigar los asuntos de esa granja Olly y de esos trenes fantasma o lo que sean. Sabemos que allí ocurre algo extraño, pero hasta ahora no hemos podido echarles el guante. Pero lo más urgente es encontrar a los chicos.

El coche patrulla marchó a toda velocidad hacia los páramos y los seis policías iniciaron la búsqueda, con el señor Luffy al frente.

¡Y a quien primero encontraron fue a Ana!

Todavía estaba rondando por allí, llorando y llamando al señor Luffy, aunque apenas le quedaba voz. Cuando oyó que la llamaban en la oscuridad, saltó de alegría.

–¡Señor Luffy! ¡Tiene que salvar a los chicos! –rogó–. Están en ese túnel y el señor Andrews y sus hombres los cogieron, estoy segura. No salieron fuera, a pesar de que esperé y esperé. ¡Vamos, por favor!

—Tengo algunos amigos aquí que nos servirán de gran ayuda —respondió el profesor.

Llamó a los hombres y en pocas palabras les explicó lo que Ana le había contado.

—¿En el túnel? —preguntó uno de ellos—. ¿Por donde pasan los trenes fantasma? Bien. ¡Venga, muchachos, iremos allí abajo!

—Tú quédate atrás, Ana —ordenó el señor Luffy.

Pero la niña se negó a quedarse. Así que la llevó con él, siguiendo a los hombres que habían iniciado ya el camino a través de los brezos, hacia la cochera de Olly.

No se molestaron en hablar con Sam *Pata de Palo*. Sin detenerse, se internaron en el túnel y avanzaron en silencio por él. El señor Luffy marchaba bastante rezagado, acompañado por Ana, quien se había negado a quedarse con él en la cochera.

—No —dijo—. No soy cobarde. De veras que no lo soy. Y quiero ayudar a rescatarlos. Desearía que Jorge estuviera con ellos. ¿Dónde se habrá metido?

El señor Luffy le confesó que no tenía ni idea. Ana se aferró a su mano, luchando entre el miedo que la invadía y su ansiedad por demostrar que no era cobarde. ¡El señor Luffy pensó que era muy valiente!

Mientras tanto, Julián y los otros llevaban un buen

rato en el respiradero, cansados e incómodos. Los hombres los habían buscado en vano y ahora examinaban con minuciosidad cada nicho de las paredes del túnel.

Hasta que, como es natural, encontraron el respiradero. Uno de los hombres lo iluminó con su linterna, poniendo de manifiesto al mismo tiempo el pie de Julián. El hombre emitió un sonoro grito, que sobresaltó tanto al pobre Julián, que estuvo a punto de hacerle caer del peldaño en que se sostenía.

–¡Están aquí! Arriba, en este respiradero. ¿Cómo se les habrá ocurrido? ¡Bajad o será peor para vosotros!

Julián no se movió. Jorge empujó, presa de desesperación, los barrotes de hierro que se alzaban por encima de su cabeza. No consiguió moverlos.

Uno de los hombres subió por la escalera de hierro y agarró a Julián por el pie.

Tiró de él con fuerza hasta obligarle a resbalar fuera del peldaño. Acto seguido, el hombre asió el otro pie hasta obtener el mismo resultado. Julián se encontró colgado por los brazos y con el hombre tirando brutalmente de él. No pudo sostenerse durante mucho tiempo. Sus brazos, cansados, cedieron al fin y cayó hacia abajo, medio sobre el hombre y medio sobre el montón de hollín. Otro hombre se apoderó de Julián enseguida, mientras el primero subía al respiradero para buscar al siguiente muchacho. Pronto sintió Dick que también le tiraban del pie.

—Bueno, bueno. Suélteme de una vez. Ya bajo —gritó.

Y descendió, seguido por Jock. Los hombres los miraron furiosos.

—¡Vaya una lata que nos habéis dado! ¿Quién os desató? —preguntó el señor Andrews en tono áspero.

Uno de los hombres puso la mano sobre su brazo e hizo una seña hacia el respiradero.

—Alguien más está bajando —dijo—. Pero solo atamos a tres chicos, ¿no? ¿Quién es ese, entonces?

Era Jorge, claro. No pensaba abandonar a los chicos. Apareció ante ellos tan negra como el hollín.

—Otro chico —exclamaron los hombres—. ¿De dónde salió?

—¿Queda alguien más? —preguntó el señor Andrews.

—Mírelo usted mismo —contestó Julián con descaro, y se ganó una torta como recompensa.

—No os andéis con contemplaciones ahora —ordenó Peters—. Propinadles una lección. Lleváoslos.

A los niños se les cayó el alma a los pies, mientras los hombres los agarraban sin miramientos. ¡Volvían a estar prisioneros!

De pronto llegó un grito procedente del fondo del túnel.

—¡La policía! ¡Tenemos que huir!

Los hombres soltaron los brazos de los niños y permanecieron un instante indecisos. Un nuevo individuo apareció corriendo precipitadamente por el túnel.

—¡Os digo que viene la policía! —jadeó—. ¡No os quedéis ahí! Son muchos. ¡Corred! Alguien nos ha delatado.

—¡Vayamos hacia la estación de Kilty! —gritó Peters—. Allí encontraremos los coches. ¡Rápido!

Y para desesperación de los niños, la banda completa echó a correr por el túnel hacia la estación de Kilty. ¡Se escaparían! Oyeron el ruido que hacían sus pies al correr por la vía. Jorge recuperó de pronto la voz.

—¡*Tim*! ¿Dónde estás? ¡A por ellos, *Tim*! ¡Detenlos!

Una sombra negra salió disparada de un agujero de la pared, en donde *Tim* se había mantenido oculto, esperando una oportunidad para reunirse con su dueña. Había oído su orden y obedeció. Corrió como un galgo detrás de los bandidos, con la lengua colgando, jadeante.

Aquellos eran los hombres que habían maltratado a Jorge y a los otros. ¡*Tim* sabía cómo tratar a la gentuza como aquella!

En aquel momento los policías asomaron por el extremo del túnel, con el señor Luffy y Ana detrás de ellos.

–¡Se han ido por allí perseguidos por *Tim*! –gritó Jorge.

Los recién llegados la miraron extrañados. Estaba completamente cubierta de hollín. Los otros también estaban espantosamente sucios a la luz de la lámpara que todavía brillaba en la pared del túnel.

–¡Jorge! –gritó Ana, feliz–. ¡Julián! ¿Estáis todos bien? Regresaba para decir al señor Luffy lo que os había pasado y me perdí. ¡Estoy tan avergonzada!

–No tienes nada de qué avergonzarte –protestó el señor Luffy–. ¡Eres una chica maravillosa! ¡Y valiente como una leona!

Del fondo del túnel vinieron gritos, chillidos y ruidos. ¡*Tim* estaba trabajando a conciencia! Había copado a los hombres y se arrojaba sobre ellos, uno detrás de otro, tirándolos al suelo con su peso. Estaban aterrorizados ante aquel gran animal que no cesaba de gruñir y de morder. *Tim* los mantuvo a raya en el túnel sin permitirles dar un paso más. Si alguno osaba moverse, se abalanzaba sobre él y lo retenía con sus dientes.

La policía llegó corriendo. *Tim* gruñó ferozmente para expresar que no estaba dispuesto a permitir que escapasen aquellos criminales. En un momento fueron todos apresados por un par de agentes. Se les ordenó que no opusieran resistencia.

El señor Andrews ofreció un espectáculo deplorable. Perdió los nervios y empezó a gimotear. Jock se sintió muy avergonzado de él.

–¡Cierra el pico! –exclamó un corpulento policía–. Sabemos que no eres más que un miserable instrumento, que les saca dinero a los peces gordos por contener la lengua y obedecer sus órdenes.

–Bueno. Creo que no he visto en mi vida unos niños más sucios –dijo el señor Luffy–. Propongo que volvamos en mi coche y vayamos a la granja Olly. Allí podréis tomar un baño y comer algo.

Cansados y sucios, aunque también muy emocionados, abandonaron el lugar. ¡Qué noche! Contaron a Ana todo lo que había sucedido y ella les narró a su vez su aventura. Casi se durmió en el coche mientras hablaba, de tan cansada como estaba.

La señora Andrews se hizo cargo enseguida de todo y se mostró muy amable, si bien trastornada al oír que su esposo había sido apresado por la policía. Preparó agua caliente para los baños y una buena comida para los hambrientos chicos.

—Yo no me preocuparía demasiado, señora Andrews —trató de consolarla el señor Luffy—. Su esposo necesitaba una lección. Probablemente esto le obligará a ir por el buen camino en el futuro. La granja es suya, de manera que ahora podrá contratar trabajadores que hagan lo que usted quiera que hagan. Y creo que Jock se sentirá más feliz sin padrastro por el momento.

—Tiene usted razón, señor Luffy —contestó la señora Andrews, enjugándose los ojos—. Toda la razón. Dejaré que Jock me ayude en la granja y esto funcionará maravillosamente. ¡Y pensar que mi marido estaba implicado con esos del mercado negro! Ha sido su amigo quien le ha metido en este lío, ¿sabe usted? ¡Es tan débil! Se enteró de que Jock andaba rondando por aquel túnel, y por este motivo trató de llevárselo fuera y traerle un amigo para que se entretuviera con él. Ya sabía yo que pasaba algo raro.

—No me extraña que se preocupase cuando a Jock se le metió en la cabeza venirse al campamento con nuestro grupo —comentó el señor Luffy.

—Y todo eso de los trenes fantasma y el modo en que escondían ese tren y todo el género... —suspiró la señora Andrews—. Es como un sueño. ¿No es cierto? ¡Pensar que la cochera y el túnel han sido utilizados otra vez!

Corrió a comprobar si el agua para los baños estaba

ya caliente. Así era, en efecto, de modo que fue a llamar a los niños, que esperaban en el dormitorio grande. Se asomó y miró al interior. Después llamó al señor Luffy para que subiera.

Ambos contemplaron el espectáculo desde la puerta. Los cinco y *Tim* yacían en el suelo en un montón, esperando el baño. No habían querido sentarse en las sillas ni en las camas porque estaban demasiado sucios. Y se habían quedado dormidos, con las caras negras de hollín.

–¡Hablando del mercado negro! –susurró la señora Andrews–. Cualquiera pensaría que tenemos al lote completo aquí, en el dormitorio.

Los despertaron. Uno a uno tomaron su baño, y después una buena comida. Por fin volvieron al campamento con el señor Luffy. Jock los acompañó.

Era maravilloso dormir abrigados dentro de los sacos. Jorge llamó a los tres niños.

–No os atreváis a salir sin mí por la noche, ¿oís?

–No te preocupes. Se acabó la aventura –contestó Dick–. ¿Te ha gustado, Jock?

–¿Que si me ha gustado? –dijo Jock con un suspiro de felicidad–. Ha sido sencillamente genial.

**FIN**

# ÍNDICE

**1.** Vacaciones.................................................5

**2.** Por los páramos...........................................16

**3.** El volcán de Ana..........................................28

**4.** Trenes fantasma...........................................39

**5.** Regreso al lugar de acampada........................50

**6.** Un día en la granja......................................62

**7.** El señor Andrews llega a casa......................74

**8.** Una tarde perezosa......................................86

**9.** Un visitante nocturno...................................98

**10.** A la caza de un tren fantasma....................110

**11.** Algo más sobre Jock..................................124

**12.** Jorge se enfada.........................................137

**13.** Un plan emocionante.................................149

**14.** Jock llega al campamento..........................161

**15.** Jorge corre una aventura por su cuenta......174

**16.** Otra vez en el túnel...................................187

**17.** Un hallazgo asombroso..............................197

**18.** Buscando una salida..................................210

**19.** ¡Qué aventura!..........................................221